みんなが、ひとりでいても寂しそうに見えなければいいのに

つれづれノート㊴

銀色夏生

文庫
30

みんなが、ひとりでいても寂しそうに見えなければいいのに

つれづれノート㊴

2020年8月1日(土)
〜
2021年1月31日(日)

8月

2020年8月1日（土）

数日前から宮崎に帰って来てます。

朝、6時半にどこからかラジオ体操の音楽が聞こえる。それでハッと目が覚めたので、起き出して周囲を見てみた。どこからだろう…。

2階のベランダから音のする方を見たら、体育館の駐車場に大人も子供も集まってラジオ体操をしていた。懐かしい夏の風物詩だ。私自身は苦手だったけど。

仕事のあいまに庭に出て木の下をうろうろしたらやぶ蚊に刺された。8ヶ所も。かゆい。失敗した。でもどうしてもついふらふらと庭に出てしまう。


夜。

最近私は宮崎県で作られた日本ワインをいくつか飲み比べしている。都農《つの》ワイナリー、都城《みやこのじょう》ワイナリー、五ヶ瀬《ごかせ》ワイナリー。そして思ったけど、結構おいしい。今日はきれいな紫色の赤ワインを飲んでいたらうっかりこぼしてしまい、麻のランチョンマットが赤く染まった！　急いで赤ワインのシミの取り方（中性洗剤で押し洗いして漂白剤に浸《つ》ける）を調べて洗ったら、きれいに取れたのでよかった。最初、パニクってなぜかお酢を振りかけたりしたわ。

8月2日（日）

朝早く起床。

そして裏の石垣に生えた草を取りに車で向かう。というのも先日、めったに通らない裏の道を車で通ったら草がかなり生えているのを発見したから。裏の道は数メートル低くて、庭からは見えない。草を取る道具や袋、蚊取り線香も用意した。

2袋分取った頃には陽も差して暑くなってきたので残りは明日にする。


セッセから、「いつも日曜日にはしげちゃんをつれて庭を見に行っていたけどコロナが怖いから今日は行かない」という電話。私もそのつもりだった。ケアセンターでも厳重警戒していて、県外の人に会うときは報告するようにと言われているそう。確かに高齢者ばかりなので慎重にも慎重にだろう。

庭で食べごろになったきゅうりを1本採っていたら、東隣の庭から兄弟の話し声がする。塀から顔を出して挨拶《あいさつ》した。その男性お二人はこの春、定年で戻ってきたのだそう。庭一面に砂利を敷いてるところだった。「すごい量ですね～」と言ったら、「雨でぬかるむので」とのこと。普段はゴルフに行ったり、よくキャッチボールをされている。

夜ものんびり。ネットで「NEON DEMON」という映画を見たら気持ち悪くて早送り。なんかモデルの映画。画面はおしゃれ。

8月3日（月）

草取り。昨日の続き。今日も朝7時ごろから車で裏の道へ。ほうきを忘れて一度取りに帰った。ついでに小学校の塀の草もちょっと取る。昔は学校の掃除の時間が嫌いだったなあ…と、子供の頃を思い出す。

ついでに玄関前の木質化してるローズマリーの枝を抜く。

最終的にビニール袋6つ分ぐらい草が取れた。枝の多いふたつをゴミに出して、残りは緑肥とするためにしばらく雨の当たらないところに置いておく。

野菜コーナーをのぞいて食べごろのきゅうり2本目を採る。あとは3センチほどの小さいのばかりなのでもうしばらくは採れない。オクラが1本、初めて生《な》った。うれしい。そのきゅうりとオクラを朝食に食べる。

次にとりかかりたい仕事があるのだけど、まだ気持ちが向かってないので今日は休みにしよう。庭の植栽計画をまたいろいろ考える。

電信柱の目隠しにしたいと思って先日植えたインド菩提樹《ぼだいじゅ》の育て方を読んでいたら、「日本では冬を越せない」と書いてあったので、あら、とガッカリ。耐寒最低気温10度だって。秋になったら鉢に植え替えようか。

8月4日（火）

今日と明日は藤井《ふじい》棋聖と木村《きむら》王位の王位戦第3局。

6時半から庭の草取り。この時間じゃないと暑くて作業ができない。草ぼうぼうで奥に入れなかった北西の角に分け入ったら黄緑色のきれいな紫陽花《あじさい》が咲いていたので3つ摘んで家に飾る。

将棋を見ながらいろいろ作業。きのうの会見の様子が流れた。藤井棋聖に「豊臣秀吉《とよとみひでよし》の印象は？」という珍質問が出ていた。「予想しない質問でとまどっていますが…」と困りながらも何か答えていた。

6時に封じ手で終わり、私は急いで買い物へ。昨日見た夕方の景色がきれいだったので写真に撮ろうとカメラを持って同じ場所に行ったら、昨日とは湿度や雲の感じが違って、なんだか昨日のような幻想的な雰囲気はなかった。ガックリ…。やはり景色は一期一会。でも今日は今日のいいところがあるのでそこを撮る。

家に戻って、伸びすぎたローズゼラニウムを摘む。ホワイトリカーでチンキを作って化粧水にできると本で読んだので。カゴいっぱいになった。しばらく干してから瓶に詰める。残りはドライに。いつも座るテーブルの脇に置いて、思い出すたびに触ってクンクンと匂いを嗅《か》ぐ。

そういえばスーパーで、イソジンのうがい薬を店員さんに尋ねているおばあさんがいた。大阪府の吉村《よしむら》知事が午後のワイドショーで言ってたなあ。私もあったら買おうかと思ったけど売り切れ。マスクの時みたい。うがいは高齢者と医療従事者、濃厚接触者の方に特に勧めていたので私はいいや。でも、あんなこと言って大丈夫かな。世間（高齢者たち）をいたずらに翻弄《ほんろう》するのでは？　なんとなく吉村知事の勇み足では。

8月5日（水）

明け方にひらめきが。

これから先のことは世の中が今後どうなるのかわからないのでとりあえず来年の3月までは考えない。4月からはもっとわからないので同じく考えない。先の計画を立てずに、とりあえずしばらくは今のことだけに対処する。

そう思ったらスッキリした。


対局2日目。

あいまに私は庭の草木に水を撒《ま》く。葉が茶色くなっている木があって気になるので。

ふたつのホースから水を出しっぱなしにして、時々見に行っては置く位置を変える。

スプリンクラーがほしいところ。

もぐらの穴があったので水を入れたら、どんなに入れても入れても吸い込んでいく。

いったいどんな長い穴なのだろう。入れっぱなしにして30分後ぐらいに見に行った。

先の方に土が湿ってる場所があり、そこに穴が続いてることがわかった。

夕方には裏庭に水やり。

藤井棋聖が勝利。3連覇で王手。

ベビーリーフ、マイクロリーフを作ってらっしゃる農家さんのインタビューを見た。おもしろかった。私も種を発芽させてサラダにして食べたいな。いつかいい種を見つけたらやってみよう。

8月6日（木）

今日から詩を書く予定。

だが、その前にその気持ちになるようにいったんここで気分をリセット。詩作モードに入るために私が選んだ方法とは、…温泉。

熱いのや冷たいのに長く長く浸かって、頭の中を真っ白にするのだ！

どこがいいかと考えて浮かんだのはこの春に行った蒸気もくもくの温泉村。あそこなら長居できそう。で、車でブーッと行きました。

すると、なんとお休み。ガクリ。なので仕方ない。よく行く好きな温泉に行こう。炭酸温泉だ。すると、最近近くで感染者が出たそうで、今までになく厳重な対策がとられていた。検温し、住所を書き、物々しい。

でも中はいたってのんびり。午前中は高齢のご近所の方たち、午後はひとりでぼんやり入ってるわりと若めの女性が多かった。みなさん思いにふけりながら静かにこの湯舟、あっちの湯舟と渡り歩く。私も炭酸泉、元湯、露天風呂《ろてんぶろ》、サウナ、水風呂を順に入り、合計4時間もいた。

詩作の頭に切り替わったかといえば、まだそうでもないかも。でも露天風呂から眺めた景色、下半分の百日紅《さるすべり》と上半分の青空が気持ちよく、そこにいつまでも入っていたのはよかった。

帰りに道の駅でお米などを買う。ものすごく人が少ない。3～4人か。5月の自粛時よりも少ない。あの頃はまだ都市部以外で感染者が出ていなかったから他人事《ひとごと》だったが、今は危険が迫ってきているという緊張感がある。本当に人がいなくてびっくり。

8月7日（金）

今日も猛暑。

暑くて詩を書く気になれない。だらだらゴロゴロ過ごす。一度庭に出たら蚊に刺されて退散。沈丁花《じんちょうげ》が枯れ始めている…。よく見るともぐらが下に穴をあけていた。他にも大きな木の葉が茶色になっているが、心配だ。

酔芙蓉《すいふよう》の葉がくるりと巻いてる。葉巻き虫だ。7枚ほど。そっと葉を取る。

暑くて、夕方になっても空気がもわっとしている。庭を見たいけど、そのためには着替えないといけない。蚊対策に長袖《ながそで》長ズボンの完全防備。それが面倒くさい。それでついつい短パンのまま外に出て、蚊に刺されてあわてて引き返す。その繰り返し。最近はもっぱらゆるい自然農法の動画を見て興味津々。とてもおもしろい。よし！完全防備で庭に行ってくるか。

行ってきました。

ドクダミの葉を抜いて、カニ草を植木鉢に移植しました。ドクダミは地下茎で広がるので根を少しでも残すとそこからどんどん芽が出てきます。でも、根をすべて取り切れるものではありません。もしそうするなら土をふるいにかけるしかないのです。で、土を掘り返して、できる範囲で取りました。

そしてカニ草です。つる性の植物で最も困るのが案外これかもしれない、と最近は思っています。切っても切ってもアイアンワイヤーみたいな根から新しい葉をのばしてきます。そこで私はそれを鉢に植えてバスケットゴールの無機質な鉄の棒を覆いつくしてもらおうと計画しました。うまくいくでしょうか。カニ草を10本ほど掘り返して鉢に移植しました。根を全部掘り出せなかったのでうまくいくかはわかりません。

8月8日（土）

朝から急に雨が降ったりやんだりで不安定な天気。連日あまりにも暑かったので雲が出て暗くなるとホッとする。

おととい、露天風呂で話した73歳の方の話を思い出した。遺伝性の股関節《こかんせつ》の病気があっていつか手術をしなくてはいけなかったのだけどここの温泉に入ってたら手術しなくてよくなったの、と嬉《うれ》しそうだった。いろんな不調を抱えていて温泉でよくなったと話す人は多い。実際その温泉との因果関係はわからないけど、温泉でリラックスすることは体にいいんだろうなあと思う。

温泉は地球ダシのお吸い物だから、地球の成分が体に効くんじゃないかなと私は思ってる。ダシは地球、具は人間。

庭にこぼれ種で毎年シソが生えてくる。でもそうそうたくさん食べられないよなあと思って何かいい使い方はないか調べたらいいのを見つけた。シソの葉のゴマ油&塩漬けと、ゴマ油と醤油《しょうゆ》とニンニクなどの韓国風漬け。ご飯が進むらしい。これはいいなと思い、さっそくシソの葉を摘んできた。するとゴマ油がないことに気づき、急いで買ってきて仕込む。食べるの楽しみ。

食べました。ゴマ油と醬油とニンニクの韓国風のがおいしい。

昼間はのんびり過ごす。いつのまにかお昼寝もしていた。

夕方、外に出て紫陽花《あじさい》を摘む。それから花壇に水を撒く。水流を強くしたらもぐらの穴が地面にポコッと開いた。ここにもか。ものすごくたくさんのもぐらの穴がこの庭にはある。ガムなどのもぐら駆除をいろいろ試したけどいっこうに効かなかった。もぐらの穴に強い水を入れた。ジェット水流。強い水がもぐらの穴にどんどん吸い込まれていく。このまま地下を通って木の根に水を運んでくれるだろう。

8月9日（日）

今日もいい天気。でも台風が近づいているようで午後から雨の予報。うれしい。雨が降らないかなと思っているところ。

今日こそは仕事に取りかかりたい。

と、思いながら他のことをグズグズやる。天気がよすぎて仕事する気にならない。料理動画を見て今度これ作ろう、などと考える。最近私が好きな献立はお味噌汁《みそしる》と雑穀ご飯。お味噌汁は削りかつお節でダシをとるもの。それなら好きだから。

時々うちの庭を横切る銀次郎《ぎんじろう》と名づけた灰色の猫がテコテコと歩いてきたので「おお！　銀次郎！」と呼びながら窓を開けたら、パサリとヤモリが落ちてきてびっくり。このヤモリにも名前をつけようか。

銀次郎は赤い首輪をしているので近所の飼い猫だと思う。この庭が散歩コースになってるみたい。ヤモリは同じ場所でたまに見かける。家を守ってくれるというヤモリ。ヤモリの名前はヤモリンにしようか。

8月10日（月）

燃えるゴミの日だ。急いでゴミを捨てに行く。でもゴミ置き場にゴミ袋がひとつも出ていないのが遠くから見える。まさか…。今日は休日？

そうだった。カレンダーに「山の日」と書いてある。

ガクリ。というのは、先日、酔芙蓉の葉が何枚もクルリとなっていて、調べたら葉巻き虫とのこと。私は青虫系が大の苦手。なので葉っぱをおそるおそる切り取って、ゴミ袋にそっと入れて、燃えるゴミの日に出そうとずっと考えていたのだった。外の渡り廊下のところにそのゴミ袋を置いたので、その存在を思い出すたびにゾッとしていた。ゴミ袋に入れないで畑か堤防に捨てに行ってもよかったか…とも思ったけど。

で、やっと捨てられると喜んで今朝、いそいそと着替えて行ったのです。トボトボと引き返し、今度はそのゴミ袋をガレージに置いた。次は木曜日。

今日と明日は台風5号の影響で雨が降るという。うれしい。もう10日以上もカンカン照り。その前は1ヶ月も雨ばかりだった。

でもまだ雨は降らない。きゅうり1本とオクラ1個、できてたので採る。うれしい。今、野菜作りにむくむくと興味がある。ほんの少量ずつ、自分用に作りたいなあ。こんなに楽しいと思わなかった。なんというか、充実感がある。前にも作ったことがあったけど、その時はこれほどずっしりとした手ごたえは感じなかった。たぶん、食べ物に対する気持ちが変わった…、気持ちが、育ったのだと思う。

それからハーブ炭酸水を仕込む。やり方を知ったので。
炭酸の入っていたペットボトルにハーブの葉を摘んで入れて、砂糖を入れて、水を一杯に注いで、太陽の当たるところに2日ほど置く。すると微炭酸のおいしい飲み物ができるそう。

仕込んで、外に置いてから思い出した。今日から雨だった。

ガクリ…。

でもいちおう、置いてみる。

テレビではコロナ陽性者の増加についていろいろ話してる。コロナのこと、Ｇｏ Ｔｏ トラベルのこと、すべての対処法が生真面目で悲観的な日本人らしいと思う。お国柄ってある。日本人は生真面目で悲観的だからこういうふうな成り行きになるのだ。私と日本国との共通点を飛び石のように踏んで歩くしかない。


昼過ぎから断続的に雨が降ってきた。

落ち着く。

ザッと降る強い雨。やんで、またサッと。やんで、また雨。

落ち着く。

8月11日（火）

ワクチンができても最初の頃は人体実験のようなものだから私は打ちたくないなあ、と思った。

コロナ騒ぎはまるで暴走した壮大でトンチンカンなゲームのよう。ここまで自粛する必要はないと思うが。そのうち反動が来るだろう。そうやってだんだんちょうどいいところに収まっていく…、という感じか。

私は数年前から人づきあいがほとんどないので個人レベルでは生活に変化がない。不思議なほど穏やか。来年から自然農法で野菜を育てるのが楽しみ。

シソの葉を薬味以外で食べる方法を知ったので今日も摘んできて漬けた（めんつゆ、ゴマ油、黒酢、お醤油、塩などを適当に混ぜて）。おかずがひとつ増えてうれしい。

前の小学校でまた工事が始まった。第二期工事。12月まで続くそう。コンクリートを砕いているのでとても音がうるさい。去年もそうだったから、ああ…またか…と思う。

動画で、暗いことばかり言う嫌な顔の人がいる。たまにそういうことを聞きたくなった時にわざと見る。顔は見ないようにして。

…ガックリ。

仕事の合間に気分転換と逃避でブタやカエルのおもちゃの寸劇「気分転換劇場」「逃避劇場」をチョロチョロ撮ってYouTubeにあげてたんだけど、さっき急に収益化できなくなってて、どうしたんだろう?と調べたら、グーグルから来たはずのPIN番号を4ヶ月以内に入力して住所確認手続きをやらなければいけなかったみたい。手紙なんて来たかな? パソコン作業が苦手なので、急ぎじゃない面倒くさそうなことはみんな後回しにしていたからなあ。

仕方なく、再発行をお願いして、また番号を手紙で送ってもらうことにした。それまで収益化できないのでガクリ。こんなにやる気をなくすとは。よく人が言ってるのを見たことがあるけどこんな気持ちだったのか。私のは広告収入といってもひとつの動画が数百円程度。それでも100円玉貯金とかのお小遣いみたいでやる気が出てたのに。動画投稿をただでやる気はしない。せめて1本千円ぐらいはほしい。しばらく仕事に専念しよう…。

暑い。全国的に暑いそうで、40度を超えたところもあるとニュースで言ってる。これでマスクつけての外出は大変だろうなあ。

よく思うことを書きたい。うまく伝わるかな。

いろいろなことを人に話す職業の人のこと。先生とか宗教家とか、偉い人、有名な人、人気のある人、何かわからないけどカリスマ性のある人。そういう人たちが滔々《とうとう》と話すのを聞いてる時、たまに「あれっ？」と微妙に嫌な気持ちになることがある。

それは聞いてる私たちをダメでバカで未熟者として話してる、と感じる時だ。説教口調で、聞いている人たちをわかってない人たち、と想定して話している。

そういう話し手は多い。それを感じると、淡く悲しくなるし、その人の小ささが見える。

でも、よく考えるとそれでどういう人をターゲットにしているかわかるってことかも。それをバカにしてると感じない、いい話だと思って聞く人もいるわけだし。私がいいと思って聞いてる人の話を否定する人もいるだろうから。

そうか、必要な人に必要な人が、か。ちゃんとうまくできてるんだ。つまり、自分は自分の山を登れ、ってことだ。

ふと、ずっと前にグーグルから手紙が来てたような…気がしてきた。

で、サクに電話して書類棚を調べてもらったら、なんと、来てた。そして手紙にPIN番号が書いてあった。その番号を入力した。あとは銀行の口座を確認したらいいみたい。なんか、よかった。

8月12日（水）

作業を進めたら動画の収益化が復活した。よかった。こんなにホッとするなんて。少しは気にしてたんだと知った。銀行口座も入力したので最初の支払いが数日以内に入るそう。うれしい。もうちょっと人が見てくれたらやる気になるんだがなあ。まあ、しょうがない。

それにしても暑い。

暑い、暑い。暑くて仕事をする気になれない。クーラーも今日は効きが悪い。昼間は仕事は諦《あきら》めよう。じっとしていよう。夕方になったら動きだそう。

じっと、ぐだぐだして過ごす。

家中の窓を巡回して庭の緑を見るのが今の楽しみ。家の中の窓景色ツアー。それをほぼ1時間に1回ぐらいしている。そして、じっ…と眺めては、次にやりたいことの計画を立てる。これほど暑くなく、外に出られる時は同じように1時間に1回ぐらい外に飛び出して庭いじりをしている。

庭でゴソゴソしていたらセッセが家作りをしてるのが見えたのでオーイと挨拶《あいさつ》する。

するとこちらへ近づいてきた。そして塀の中と外で話す。しげちゃんも元気とのこと。サクの就職内定の話を伝えたらとても喜んでいた。その喜びようにかえって私は驚く。そういうものなのか。

8月13日（木）

今日も酷暑だ！

もう庭しごとはしない。家の中にいてクーラーをつけていてもあまり涼しくならないほど暑さが極まってきた。

グーグルから動画の広告料の初めての振り込みが入った。有料化の申請をしてから6ヶ月。平均1本数百円…。

微妙。でもこれからも続けたい。今までいろんなタイプのものをやってきて、今後どういうふうに進めていくかをこれからゆっくり考えるつもり。まだ、これだ！という決め手が浮かばないが、いつかはっきりすると思う。やってて楽しいと思えるものをやっていきたい。楽しくなればいいけど。

仕事も少し。あとは無理せずゆったりとすごす。夕方、すこし暑さもおさまったので庭を散歩。

8月14日（金）

引き続き今日も暑い。なので今日も家で避暑。とにかくゆっくりと過ごすことを心掛ける。なにもできなくてもいいとする。窓の外の照り返しも暑いのでブラインドを下ろす。

昨日の夜から今日にかけて「IT」を見た。あまりにも気持ち悪い生き物が続出するので途中飛ばしして早送りで。見た、というほど見てないか。

昨日おとといと暑かったから、もうハーブ炭酸水ができたかな？と思い、冷蔵庫で冷やして飲んでみた。すると、まったくおいしくない。正直、まずい。失敗だ。炭酸にもなってない。砂糖が少なすぎた気がする。よし、次は果物でやってみよう。甘くておいしい果物でやったらできる気がする。挑戦だ（やらなかった）。

8月15日（土）

今日も家の中でジッとする。今は外に出ないことが仕事だ。

カツラやヒメシャラの葉が枯れ始めてることを庭の先輩のすずみさんにラインしたら、木が弱ってるかもしれないから涼しい時間に葉水をあげた方がいいかもと教えてくれた。なのでシャワーで水を撒《ま》く。今年の梅雨は長雨で、そのあと猛暑が続いてるから水はけの悪いところでは根腐れを起こしてるかもしれないという。そのカツラの木を植えたのはとても硬くて水はけの悪い場所なので、そうかも。早く暑さが収まらないかな。


昼はジッとすぎ、夜は早く寝る。

そしたら4時ごろ目が覚めた。

するとなぜか枕もとの電気のスイッチを押す木の棒が目に入る。触ると、その削り具合がところどころ気になったので、尖《とが》っている部分が滑らかになるようにカッターでコツコツ削る。長年使っている庭の木の剪定枝《せんていし》。

とても握りやすくなって満足。

8月16日（日）

引き続き暑い。

午前中は仕事を進める。

午後、観光センターの馬場《ばば》さんといろいろ話す。いつか、この町の素材を使って、この町に住む人と物作りをしたいということ。私の最終目標は歩いて行ける範囲で暮らせる暮らし。車に乗れなくなっても歩いて15分ぐらいの範囲の中で気持ちよく楽しくおだやかに暮らせる環境作り。

女4人で話したんだけどとても楽しかった。夢が広がる。くるみちゃんもいて、ぎっくり腰になったそうで、笑うたびに「イタタタ…、笑わせないで〜」と笑っていた。

いろいろと興味深い話も聞けた。ふるさと創生でIターンして働く人がいるけど結局ほとんどが帰ってしまう。「その理由のひとつは田舎の人たちの視野が狭いからで、視野が狭いから人にやさしくなれない、というのもある。その大本の原因は貧困のせいではないか」と馬場さんが言う。

「お金がなくてもやさしい心でいられる人を見たことがないから、そういう例を見たことがないからそうなってしまうのかもしれない。それは変えられるはず」と私は思った。

となりの集会室では高校生の授業みたいなのをやっていた。

8月17日（月）

今日も雲ひとつない。じっと家の中で過ごす。動画も撮る。

明日東京に移動なのでその準備も少し。

夏の暑さは今、最高潮。

家の中から庭を眺めるといろいろ気になるところが見えるので、ちょっと庭の作業をしようかなと思い、一歩、外に出ると灼熱《しゃくねつ》。あわてて家の中に戻る、を繰り返す。

8月18日（火）

灼熱の午前中、観光センターの馬場さんにTシャツの見本などを持っていく。隣の机に若いT君がいて、私のこぶたカードを見て、「(意外と）おしゃれですね」と、まるでおしゃれ判定は俺がするのだ！といわんばかりに褒めてくれた。T君はネットに強く、ゲーム動画で10万回再生されたことが自慢。初めて会った時も私に「サムネが大事ですよ」とアドバイスしてくれた。偉そうに見えるところなど、キャラが立ってる。鹿児島のショーパブで初めてクラスターが出た時は、「前に同じビルの下の居酒屋でバイトしてたんです」と興奮気味に話していた。私と同じ年の馬場さんは、かわいらしい心を持った平和なロバみたいな雰囲気。

「道の駅」で野菜を買う。野菜の値段が高いそうなのでこっちで買って帰ろうと。ピーマン、オクラ、プチトマト、きゅうりを買った。60円～150円。

玉子を買うの忘れた…と途中で気づいた。どうしよう。どこかで買おうか…。おいしい玉子の自動販売機があることを思い出す。車を停めて、買う。あら。ケースに入ってない。ビニール袋だ。どうしよう。でもまあ、いいか。

家に帰ってパッキング。玉子は…、割れないように新聞紙に一個ずつ包もう。新聞紙を探し、しわを寄せて、包む。16個も入ってた。なんだか…、なんで買ったんだろう。別に買わなくてもよかったのに。ついぼんやりして。ひとつひとつ包んだものを今度は数個ずつまとめて新聞紙に包む。3つに分けた。

やっとの思いで野菜と玉子をバッグに詰め込んだ。フチまでいっぱい。

ああ。疲れた。

午後1時に出発。レンタカーを返す。予定の飛行機が欠航になり次の便に変更になった。なので返却も1時間半遅くなった。そのことは事前に電話していた。すると延長料金が発生するという。3週間借りていて、1時間半遅れて延長料金か。お客さんはガラガラだし、いいですよと言ってくれるところもあるんだけどなあ…と思いながら金額を聞くと、4400円と言う。1日分だ。さすがに「高いですね」と聞き返したら、2200円にしてくれた。若いバイトの女の子みたいで他に人もいなくて、まあ、しょうがない。払った。

空港まで送ってもらって、手荷物検査に行ったら手続きがされていないとのこと。そうか！ 飛行機の欠航案内のメールに承諾の返信をしなきゃいけなかったのにしなかったんだ！ しまった！ あわててカウンターに行ったらほぼ満席だったけどどうにか後ろの方の座席が取れた。隣に人が座っていない席にしてくれた。

飛行機に乗り込む。最後尾から2列目。本当だったら隣に人がいる席だったからかえってよかったかも。

タクシーで帰る。運転手さんといろいろ話しながら進む。知らない人と話すのはひさしぶりなので楽しかった。景気が冷え込んでいるのでオリンピックをぜひ開催してほしいとおっしゃってた。対向車線で事故があったようで車が停まり始めた。その現場は見なかったけど運転手さんが見た時は事故を起こした運転手が車を前後に動かしていたそうで起こったばかりみたい。横向きになってたって。ケガなどはなさそう。パトカーもまだ来てないし。対向車線の後ろの方の車はまだ事故のことを知らずに走ってる。これから渋滞だよ。「今、事故だけは起こしたくないですね～」と運転手さんにつぶやく。

家に帰ったら空のペットボトルがたくさん。床に早く掃除機をかけたい。とりあえず、すぐに食料を買い出しに行く。スーパーに人は少なく、覇気がない。

夜はピーマンの肉詰めを作る。宮崎の家で採ってきた小さなピーマンも使った。

8月19日（水）

今日明日は楽しみな王位戦。七番勝負の第4局。

解説の橋本《はしもと》八段がおもしろかった。最近、藤井棋聖と戦って敗れたそうで、負けると悟った後半はもうずっと藤井棋聖のしぐさを観察していたのだそう。

そして「自分の話は藤井棋聖のことを褒める話ばかりなのでしばらく褒めるのをやめよう」と言って、「絶対褒めないぞ！」と宣言して、しばらくしたらまた褒めていて、「あ！　また褒めてる！」って何度も言ってたのがおもしろかった。

昨日の記者会見の模様が流れて、その表情を見た橋本八段が「なんだか藤井棋聖の雰囲気、顔が変わりましたね。ここ1ヶ月で」という。確かに、あごのあたりがシュッと締まって見える。棋聖になった時のインタビューで、「今後はタイトルホルダーとしての立ち居振る舞いなども勉強していければ」と話していたことを思い出す。たぶんタイトルホルダーとしての振る舞いに変えたんだと思う。心構えを変えた。タイトルホルダーとしての使命感、覚悟、強さを表すことを通してタイトルホルダーというものへの敬意を表しているように感じる。

夜、サクにやってもらってカーカと初ズーム。洗濯物をたたんでるところだったので、「パンツとか映さないようにね！　こういうの、常に人に見られてると思ってやってよ。世界中の人とつながってるって思わないとダメだよ。慎重にね」としつこく言う。TikTok のこともあるし。

夜はひき肉のカレー。

8月20日（木）

王位戦2日目。封じ手を開けるところから楽しみだった。いつもはながら観戦だけど今日は熱心に観戦したい。

そして今、藤井二冠誕生。

でも、木村王位の敗退はほろ苦い。素晴らしいお人柄の木村王位…。

対局後の記者会見を見る。藤井二冠の話す言葉にはいつも真剣に耳を傾けてしまう。記者さんたちが変な質問をしなければいいが…。答えにくい質問の時は早くその時間が過ぎればいいが…。

でも藤井二冠の言葉には無駄がなく、心と違うことは言わない。それで安心して聞ける。なぜこんなに落ち着いているのだろう。けして調子にのることがない。相手の期待に応《こた》えて思ってもいないことを言ったりもしない。たぶん小さいころから先輩棋士たちを見ていて自然とその精神性のようなものも学んだのだろう。

8月21日（金）

今日も暑そう。仕事をしなくては。

きのう、お皿を割った。小ぶりの普段使いの白い小鉢風の。

そして朝、また割った。皿洗い中に肘《ひじ》が当たって落ちて。今度は中ぐらいの。同じ白いシリーズ。ボウル状で使いやすい食器だったので残念…。

小1個。中1個。大は持ってないから明日は割らないはず。

と思っていたらさっき、昼、今度は小2個、割ってしまった！　食器棚にお皿をしまう時に重ねて置いていた皿に指が当たって。

おお。次は中2個か⁉

8月22日（土）

コウケンテツさんの動画を見て韓国風かき氷を作る。牛乳と砂糖と練乳をジップロックに入れて冷凍。かき氷機がいらないところがうれしい。細かいところを注意しながら作り、あずきときなことアーモンドを振りかけて食べる。とてもおいしかった。

8月23日（日）

窓の外で音がする。見ると雨が降っている。

おお。うれしい。ひさしぶりで落ち着く。

今日も仕事をしなくては。

8月24日（月）

今日はいい天気。でも酷暑というほどの暑さじゃない。テレビをつけたら安倍《あべ》首相が病院から戻って会見していた。

とりあえず今日のところまでの仕事が終わった。メールで送ってホッとする。

嬉《うれ》しくなって、買い物へ。

遠くに知ってる人の姿が見えたけど今は静かにしていたいので近づかなかった。今日はのんびりしよう。

ということで夜までゴロゴロ。特になにもせずに就寝。

8月25日（火）

なんか夢を見た気がする…。

さて、今日はひさしぶりにプールへ。

スイミングキャップをかぶろうとして、ゴーグルを忘れたことに気づく。ああ。しまった。ひさしぶりだったから習慣を忘れていた。もう一度、家に取りに帰る。

プールにはわりと人がいた。20人弱。

ジャグジーであおむけに浮かんで空を見上げる。ここから見える葉っぱがいつも好き。酔芙蓉《すいふよう》の花もチラホラ咲き始めてる。そして、あれ？と思った。ここのをまねて宮崎の庭にも酔芙蓉を植えたんだけど、ここの花は八重だ。うちの庭のは一重。だからだ。なんとなく感じが違うと思ってた…。残念。

八重の酔芙蓉も植えたくなった。ぽってりと重量感のある華やかな八重咲き。

まるちゃんとあだ名をつけた丸顔のおじさんがきたので少し話す。なんの変哲もないごく普通の平凡な会話。コロナのことなどを。

サウナでQPさん、スピリチュアルSちゃんと会った。ガンジーさんは海の近くにあるもうひとつの家にいるそう。もうあんまり会えないかもなあ。この夏、Sちゃんは屋外の区民プールによく通っていたそうで健康的なきつね色に焼けていた。

パン屋さんでパンを買って帰る。ひさびさで心地よい疲れが…。

ふと目についたNHKの番組を録画して見てみたらとてもよかった。西表島《いりおもてじま》から宮古島《みやこじま》の島々を八幡暁《やはたさとる》さんという方がシーカヤックでめぐるというもの。西表島の滝や夜咲いて朝散る甘い匂いの花、サガリバナ（私も西表島とモルジブの海で見た）やサンゴのカケラでできたバラス島（私もダイビングの試験の時に行った）、ドローンで撮影したサンゴ礁の海、魚とりや水中風景がどれも美しく、真剣に見てしまった。八幡さんはかつてオーストラリアから日本までシーカヤックで旅したそう。海が好きなんだね。

またいつか、西表島に行きたいなあ。サガリバナ、見たいなあ。そういう時が、いつ来るか。

真夏の3週間、水をあげてなかった観葉植物から新芽が伸びてきた。とてもうれしい。

8月26日（水）

午前中はゴロゴロしてて、午後3時、ついに行動を起こす。こんなにゴロゴロ寝転がってばかりいてはいけない！ いけないよ！

プールへ。知ってる人は誰もいなかったので静かに泳ぐ。水中ウォーキングしたり、ジャグジーに入ったりして1時間ほどいた。

最後にお風呂のサウナへ入る。6人。今は7人限定なのでほぼ満杯。誰もが黙って、頭にタオル、口にもタオルをグルグル巻いて、まるでフランケンシュタイン。私も同じよ～。そして

誰かが入ってくると目だけ動かして、チョロン…と誰だか確認してる。おもしろかった。

買い物して帰る途中に広場が見わたせた。広くてきれいで花が植えられてて、子どもが遊んでる。見て、いい気持ちになる。ああ、そうだった。ここに越してきた最初のころは見るものすべてが新鮮で、ここにいるってだけで楽しかったなあ。本当に、毎日ワクワクしてた。

その気持ちを一瞬思い出した。そんなふうに本当だったらいつでも生きられるはずなのに。自分の人生の選択によってここに縛りつけられていて（今はしょうがなく）、それを感じられなくなっていた。でも来年の春から変わるから、そういう新鮮な気持ちで生きていけるかもしれない。どうなるだろうか。とても楽しみ。

安くなっていただだちゃ豆を買ってきたので茹《ゆ》でて食べる。食べながら思い出した。昔、居酒屋で数人で食事してて、人が食べた後の枝豆の殻を口に入れたこと。

8月27日（木）

今朝、ほとりの録音をしようとして音が入らないことに気づく。ううむ。前にも一度、こういうことがあった。レベルの設定が違っていたみたいだったんだけど、触ってたらとにかく動き出したので録音したら音がとても小さい。しまった!

とりあえずアップして、引き続きあちこちレコーダーをいじる。もしかしたら壊れかけてるのかも。買ってから何年たつだろう…。10年は絶対たってる。替え時か…。

明日も使うので、とにかく急いで新しいのを注文した。操作が簡単そうなのにした。

その後、説明書を読みながらおもいろいろ触っていたら、なんとなく操作の仕方が前よりわかった。一応、大きな音で録音もできるようになった。

午前中はそれでつぶれた。プールに行こうと思っていたけど予定変更。

昼頃、つれづれの新刊のゲラが届く予定。そしたらレイアウト作業などをしなきゃいけない。これから1週間ほど、細かい作業が続く。それまで最後のダラダラ。

昼前。

来た! ピンポンと。

ああ。がんばろう。

ショック!

午後4時。

実はまだダラダラしてるんだけど、イチジクの育て方の動画を見ていたら、私が植えてもらったイチジクはホウライシといって昔からある日本イチジクだった。植木屋さんには、できたら実が割れないものをと紙に希望の品種を書いて注文したんだけど、それはなかったのか、日本イチジクだった。たぶん昔ながらの植木屋さんの問屋なので昔ながらのイチジクだったんだと思う。

それでも実がなったのでうれしく育てていたら、これは木がとても大きくなる品種で、実も割れて虫も入るし、甘さもほどほどという。今はいろんなのがあって、実が割れないもの、実つきのいいもの、黒くて甘いのなど（その黒いのは去年苗を買って植えたけど枯れちゃった）さまざまある。

とにかく、バッサリと言われて、シュンとなる。

そうよ。私は最近の定番のドーフィンみたいなのがほしかったのよ。なのに日本古来の大きくなるやつが来て…。こうなったらリベンジよ。ホウライシは仕方ないからこのまま育てるとしても、黒イチジクとドーフィンも育ててみたい。イチジクは基本的には木でしか完熟しないらしく、本当においしいイチジクを食べるには自分で育てるしかない、とその人は言ってた。

みなさんは、こう思うことはないですか？

「これは男の意見だ」

私はよくあります。それまでふんふんと普通に聞いてて同意してたけど、急に、あれ？　それは人としてじゃなく、男性独特の、ちょっと視野の狭い意見だよ～、って。言ってる男性はそれには気づかず悪気なく言ってるんだけど、女の私は気づく。そういうことは日常生活にはよくある（もちろん、その逆もあるだろうけど）。

今日のつまみ。

ピンときた。今日、つまみ何にしよう…とスーパーの棚を見ていたら、うすべったい板状の炙《あぶ》り鱈《だら》があった。それだけ見たら食べたいと思わないもの。でも、冷蔵庫にあってもてあましていた「うに醤《ひしお》」。あれを塗って焼いたらおいしそう。で、それを買って、黄身を混ぜて焼いてみた。

すると、キャア！　黒焦げ。焼き加減が難しい。2度、失敗して3度目に成功。結構おいしい。

海に釣りに行ってたサクが帰ってきた。真っ赤に日焼けしている。Tシャツを脱いだら、まるで赤い人が白いシャツを着ているみたい。前に野球を見に行って焼けた時を思い出した。

8月28日（金）

ずっと家で仕事。

仕事する気にならない時、ついついサクにどうでもいいことをペラペラペラペラペラ語っている。ペラペラペラペラペラ語っている時は私が仕事から逃げている時。そういう時が昨日ぐらいから増えている。

午後、安倍総理辞意のニュース。まさかと思っていたが。びっくりするようなことを言ってくれないかなと願っていたらその通りになった。少しワクワクする。

おかげでか、仕事も順調に進んだ。

8月29日（土）

家にこもって引き続き仕事。けっこう進んだ。

安倍首相が辞めると言った時、なんだかスコンと力が抜けたような、寂しさのようなものを感じた。安倍さんの話す言葉は普通に意味が分かったし、人間っぽかった。今、言われている次期候補の人たちはどの人も遠く感じる。どの人も悪人のように感じてしまうのはなぜだろう…。

夜は豚しゃぶ。こぢんまりと食べる。

あ、スーパーのお魚とかを入れる用の小袋が薄すぎて開きにくかったのが改善されていた。全体に小さな点々加工がされて開けやすい袋に変わってた。よかった。

8月30日（日）

今日も仕事。11月に出る写真詩集のレイアウトなど。がんばろう。

床に広げて順番を決めたり、詩を貼り込んだり。

菅《すが》さんが立候補したそうなので菅さんになるのか。

8月31日（月）

夢を見た！

なんと夢の中で濃厚接触者としてPCR検査をして陽性に！

目が覚めてホッとするも、しばらくぼんやり。

朝食は11時。遅く起きたサクに、フライパンの鮭、味噌汁《みそしる》、大根おろしを示す。

「自分でお皿によそってね。バイキングだよ。品数は各々一つで選択の余地なしだけど。我が家の台所バイキング」

仕事がほぼ終了した。バンザイ。
買い物に行って、食料を補充する。

9月

9月1日（火）

そうか、今日から9月だ。なんか涼しくなったような気持ち。仕事の最後の細かい作業を終える。

窓から外を見たら、いつもの花壇で造園屋さんが手入れをしているのが見えた。さっそく双眼鏡で観察。草むしりや伸びすぎた葉の刈り取りをしていた。犬も通ったのでそっちもじっくりと見る。

プールに行こう。

玄関でドアを開けて、あ、またマスクを忘れそう。靴箱の上に置いてあるマスクの箱からマスクを装着。毒ガス世界にマスクで出発って感じだな、まるで。

ジャグジーでスピリチュアルSちゃんと会った。「あんかけ焼きそばのおいしいお店知りませんか？」と聞かれた。しらない。

あんかけ焼きそばをたまに急に食べたくなるらしい。それから宇宙歴史家兼体を治す人に体を見てもらいに行った話を聞く。ほお。

プールではQPさんが「すごい話を聞いたんや」と私にその話をしてくれたけど、

1ミリも私の気持ちには響かなかった。興味なし。

それを伝えたら、なんだ〜、とがっかりしてた。口の堅い人に話そうと思って勢い込んで話したら無反応。

「ほかに話せる人はいないの?」

「いいへん」

他に口の堅い人はいないらしい。

ふふ。唯一の私が興味なしとは。他に話せるような人はいない…と残念そうだった。

「ののちゃんが肺がんでジムを退会したんやて」

「ああ。前も肺がんになったんだったよね。ののちゃん、やさしくていい人だった。ののちゃんって幾つ?」

「85歳…かな」

「うーん。私ね、こういう時は、人は自分の寿命を生まれる前に自分で決めてきた、って思うことにしてるの」

おふろではスピリチュアルSちゃんが「足で何かふんだ! ウンチかも」と大騒ぎ。スタッフの方がやってきて、いつもの(常習の)人が来てなかったか聞いていた。結局、ふんだものが何かはわからなかった。

夜はひき肉カレー。

9月2日（水）

今日もプールへ。水中ウォーキングしていたらまるちゃんがやってきた。まる顔のおじさん。すれ違う時に「や、こんにちは」と朗らかに挨拶《あいさつ》してくれた。私はにっこりと明るい笑顔で応《こた》える。コロナで特に声に出して話さなくてよくなったのでらくだ。帰りのロッカールームではたまに嫌味なことを言うおばあさんがいて、「こんにちは」とあいさつしてくれた。私も小さな声で「こんにちは」とあいさつして、サッと下を向いて着替える。そうしても失礼に思われないのでうれしい。

ガンジーさんと廊下でバッタリ会ったので今度住所を教えてねとお願いする。最近はめったに会えないから。

午後はゆっくり過ごし、晩ごはんのあと、またプールへ。ボーッとした頭をリフレッシュしたい気分。ＱＰさんがプールのレッスンに2個も出ていた。音楽に合わせて動くやつ。

『過去のすべては今の中にある　つれづれノート㊲』のアマゾンオーディオブック録音のための読み方の確認メールが来る。あの本をすべて朗読してくれるとは…。想像しただけで大変そうだけど、とても楽しみ。

9月3日（木）

ニュースでおせちの話題。今年は巣ごもりで需要が増えるだろうと言ってる。確かに。去年は大晦日《おおみそか》に当日発売のおせちを買ったっけ。今年はどうしよう。同じように当日買うか、もう買わないか。

今日もプールへ。ジャグジーにいたらまるちゃんが来た。遠く離れて台風の話などをする。

まるちゃんは福岡出身だそうで、博多《はかた》の話をしてくれた。

「飲みに行ってもね、いつもはしご。1時間ぐらいで次々移動してね。最初にイカと○○（忘れた）の活《い》け造り。それから焼き鳥屋で皮たべて、しめにラーメン。それでひとり1万円行かないんだからね。安いよ〜」とうれしそう。

疲れるまで長くプールで浮かんだり歩いたり。ガンジーさんもいた。

台風がふたつも近づいてきている。

今日、ひとり静かに泳ぎながら、心底思った。

私は今、時間をつぶしている。本当だったらこんなところで泳いでないで、したいことのために動きたい。でも、来年の3月まで、子育てが終わるまではここにいなくてはいけない。なのでこの町で3月まで時間を費やす手段の一つとして、今、泳いでいる。

二十数年間、折に触れ時間をつぶしてきた。家族のために自分のしたい行動（移動）ができなかった時間分、時間をつぶしてきた。

もちろん子供たちは好きだし、子育ては貴重な経験だったし、子供と別れることはちょっと寂しい。でも子供は成長し巣立っていくもの。自立を見届けるまでは責任がある。自立してもらわなければそっちの方が心配だ。

そして、やっと子育ての期間が終わる。やっとだ。うれしい。寂しくもあるけど同時にうれしい。

子育ての責任を果たしたら、私は意識がガラリと変わる気がする。それからはこれまでに体験したことを元にして、自分の芯《しん》のところに近い生き方をすることになるだろう。

お金をあまり必要としないけどお金が余ってたら楽しく使い、人に依存しないけど人々とは協力して、より自然な食べ物、より自然な体の動き、より自然な感情で生きていきたい。

そうそう。

私は人生のピークを最晩年に設定している。それはもう昔からずっと意識下で思っていた。だって若い頃がピークであとは落ちぶれるとか、働き盛りの40歳ぐらいがピークでだんだん落ちていくとかはいやだから。なので少しずつ山を登り、歳をとってからいちばん楽しさのピークを迎える、という人生でありたいと思ってる。その計画です。

9月4日（金）

サクと宮崎へ。

空港はすいていた。開いている売店もお弁当の数も少なく、搭乗口近くの売店に唯一あったキングダムの特別なお弁当を2個買う。

機内もガラガラで落ち着く。お茶が配られたので私はお弁当を広げてゆっくり食べる。おいしかった。サクはずっと眠っていた。

格安レンタカーを借りて、途中スーパーで食料を買って家に着く。

庭の様子をまず観察。草がのびているぐらいで大きな変化はなかった。ひとつだけ、西洋ニンジンボクの枝が折れていた。強風が吹いた様子。

移動日はいつも早めに就寝。

9月5日（土）

明日大きな台風10号が接近するのでサクとその準備。伸びすぎた木の枝を切る。西洋ニンジンボクはかなり大胆にバッサリ。サクはちょっとやるとすぐにいなくなる。どこ？

休憩だった。それから、風で飛びそうなものを小屋に移動。ジョウロや植木鉢など。

セッセに電話したら、台風のことを考えすぎると暗い気持ちになるので考えないことにしている、と言っていた。そして今朝買い物に出たら水を買い求める人が長い列を作っていたと言う。へ〜っ、そうか、水ね。そういえば有線放送で停電と断水が起こるかもって言ってたなあ。

梨が送られてきたのだがいらないか、と聞かれた。

梨！

「その梨、いつ来たの？　新しいんだったらいいけど。前みたいに何週間も前の黒くなったのは嫌だよ」

「わりと新しい」

「新鮮だったらもらう」

午後4時、サクが買い物したいというので人吉市《ひとよし》へ。途中、近くのスーパーに寄ってみたら買おうと思っていた箱入りの水はなくなっていて、わずかに数箱のペットボトルが残っているだけ。どうしよう。帰りにまた寄ってみようと、あまり水のことにピンときてない私たちはそのまま走る。

自衛隊の車や消防車をたくさん見かけた。明日のためにもう準備しているのだろう。

人吉市に到着。ついでに夏の大洪水の被害にあった青井阿蘇《あおいあそ》神社を見に行く。蓮池《はすいけ》を渡る赤い橋が壊れていた。周囲にも壊れた家がまだたくさんあった。

ひょうたん赤ちゃんを買ったお店にもまた見に行く。屋久杉《やくすぎ》の木工品のお店。またひょうたん赤ちゃんがあったらどうしようとドキドキしてたけど、なかった。よかった。あったら買わないといけないと思うかもしれないから。寝転んで口を大きく開けている赤ちゃんで全然かわいくないのが前からあって、それがまだあった。あまりにも気持ち悪いので四方八方から写真に撮る。

サクがお目当てのゲームを買えたと喜んでいる。店頭では売り切れだったけど、思い切って「中古はありますか？」と店の人に聞いたら、中古のがあったそう。「ダメもとで聞いてよかった」と何度も言っていた。

「そうだよ。聞いたほうがいいよ。聞かないと」


帰りの車中、夕食にチキン南蛮をいつも行く店で食べようと決めて、そこのチキン南蛮のおいしさについていろいろ話しながら向かったら、そのお店は昼間は開いてたけど、今は閉まっていた。いつもよりも早い。台風のせいかも。

ガクリとしながらスーパーへ。行きがけに見たペットボトルが完売していた。水がひとつもない。それを発見した時のサクの愉快そうな顔といったら！

近くの別のスーパーへ寄る。そこでは最後の1本の小さなペットボトルがポツンと棚にあるだけだった。さすがに買う気になれず、家に帰る。

浄水器の水を空のペットボトルや水筒に入れようと、空き瓶やペットボトルをガレージから台所に持って行く。それらを洗って並べる。

夕食は、鯵《あじ》のソテー。サクが砂肝のつまみを作る。

夜、サクが部屋にクツワムシがいたと大騒ぎ。

虫が苦手だからね。虫網をとって来てそれで取ろうとして失敗して大声をあげていた。しょうがないので捕まえてあげる。クツワムシは別に全然。

外に逃がしたら草むらに飛んで行った。

9月6日（日）

夜中、断続的に雨がふっていた。

雨のあいまにまたちょっと木の枝を切る。

昼前からだんだん雨脚が強くなってきた。瓶に水をつめた。懐中電灯も準備しよう。

サクに手伝いを頼むが、お笑い番組を見てばかりでちっとも腰をあげない。

ガレージに移動した剪定《せんてい》枝を短く切って整理する。

私が「ハートの木」と呼んでいるハート形の木があって、写真を撮っていたら、となりに丸いチュッパチャプス形の木があるのを発見してうれしくなる。

午後になって時々強風も吹いてきた。

コウケンテツ氏の動画を見ながらチキンスティックのから揚げを作る。甘辛いたれをからめておいしく完成。

紫陽花《あじさい》のドライフラワー。去年のと今年のを組み合わせたらよくなった。去年の白っぽいのをちりばめてくっきり鮮やか。

夕方、まだ暴風雨圏内に入る前にサクと町をひとめぐりする。走ってる車は少なかった。自転車に乗った中学生ぐらいの男の子が合羽《カッパ》を着て雨に濡《ぬ》れながら走っていたのが印象的だった。

9月7日（月）

夜中の1時半ごろ、強風で目が覚める。それから3時ぐらいまでが強く、その後、しだいに収まっていった。

朝起きて庭を見たけど特に変化なし。木も折れてなかった。枯れた百合《ゆり》の茎が倒れていたぐらい。今回このあたり、風雨はそれほど強くなかったなあ。

銀次郎の首輪がふたつに切れて落ちているのを発見。小さな鈴もついている。どうしたんだろう？　気になる。そのまま銀次郎の散歩ルートに置いておくことにする。探しに来るはずはないだろうけどなんとなく。

すずみさんから大丈夫だった？と電話がきた。どちらともほとんど被害なし。沈丁《じんちょう》花《げ》が立ち枯れた話をする。調べたら沈丁花は急に枯れることがあるらしい。長雨の根腐れや菌が入ってというのが原因で。梅雨の長雨のせいかもしれない。

セッセが梨を2個、郵便受けのところに置いてくれてた。食べたらみずみずしくておいしかった。

夜は、今日も動画を見ながら鶏《とり》のやわらか煮。

のんびり過ごしてたらすぐに1日が終わった。

9月8日（火）

昨日の夜早く寝たら夜中に目が覚めたのでいろいろな動画を見る。あるスピ系の動画で、「嫌いな人が自分の前に現れることにスピリチュアルな意味などない。ただの偶然だ」というのがさっぱりしててよかった。その人は「考えるだけで実現する」とか「引き寄せの法則」もほぼないと言っていた。私も基本的には同意。言葉が先行している気がする。ものごとはもっと複雑なはずだし、むやみやたらに意味付けすることは悪い人（洗脳したがってる者）に利用されかねない。

曇り時々雨。洗濯物を外に干してたけど、空がどんどん暗くなっていくので家の中に入れた。

午後、天気がよくなったのでサクとスーパーに買い物へ。ついでにドライブ。出水《でみず》観音という冷たい湧き水の池のある観音堂へ行く。台風のあとでじめじめしていたので暗い森の方には近づかず、池のところで湧き水を眺める。

夜は今日こそ、いつものチキン南蛮を食べに行く。常連さんらしきおじいさんたちが4人、カウンターのまわりに立って大声で楽しそうにしゃべってた。なんて話してるのかわからないけど楽しそう。マスクはなし。

9月9日（水）

将棋の日。谷川《たにがわ》九段とB級2組の順位戦。

見ながら、時々庭に出て植物をチェック。これからやることを確認する。倒れてる枝を起こさなければ。

人が誰かを嫌うというのは何か誤解が生じたのではないかと思う。相手がこだわりに触れたのだ。そこでフックがかかって固まってしまった。誤解を解けば解消されると思う。ただ、誤解を解く機会というのがなかなかやってこない。

私がかつて誤解されて嫌われてしまったと思うことがあった。それはあいだに入った人の使った言葉が私が言った言葉とは違って、逆の意味で伝わってしまったからだったが、あいだに入った人はそのことにまったく気づいてなくて、自分がしでかしたことの重大さ（私にとっては）がわかっていなかった。やれやれ、という感じだ。あいだに入る人の重要さ、あいだに人を入れてはいけない、直接自分で伝えなければいけない、ということを学んだ。それで、そういうふうに人に誤解を与えるリスクのある人との関係を持たないように、できるだけ注意してそれからは生きてきたと思う。

誤解って悲しい。やりきれない。自分が誤解されることも、人が人に誤解されることも。

昨日の人がまたスッキリすることを言っていた。

「生まれてきたことに使命なんてない。インディゴチルドレンもなんとかチルドレンもない。事前に決められたかたっ苦しい使命なんてない」と。

そうだよなあ…と思った。

私も以前は「人は生まれる前に自分で決めてきたプログラムを生きる」みたいなことを考えていい気持ちになっていたこともあったけど、それよりも「使命なんてない」という言葉の方に今は自由を感じる。どちらも同じようなことを言ってるとも言えるが…。言い方だよね。

言葉の解釈、表現方法。どうにでもなる。私はたぶん、より制約のない、解放された言い方が好き。

こういう人が嫌い。

去りたい場所から去る時はただ去ればいい。それなのにそこに変わらずいる人にわざと大声でそこへの悪口を言って去る人がいる。そこを否定して去るのだからそこにいる人にもう何も言わなくていいじゃないか。ただ黙って、大急ぎで去ればいいのだ。なにがそれを言わせるのか。わかるだろうか。

9月10日（木）

スピ系動画の方が言ってたことでいいと思ったこと、もうひとつ。

嫌いな人と会ってる時にどうしたらイライラを静められるか。「この人と会うのは今日が人生で最後だ」と自分をだます。そうするとスーッとイライラが静まり、いとおしく感じてきたりする、と。これ覚えとこうっと。でも忘れそう～。

さて今日はサクが旅行しながら帰るというのでバス停まで送って行った。車の中で、「はい。お小遣い」と2千円渡す。2千円とは…（笑）。なんでか急に。

今日からひとり。家族と過ごす自分からひとりの自分へと移行する。それにはちょっと時間がかかる。なのでなにもしないで静かに過ごす。

9月11日（金）

昨日の夜に雨が結構降ったようで、外に置いたバケツに水が溜《た》まってた。

郵便局に行って、ついでにスーパーで買い物。切れていたキビ砂糖、だしつゆなどを買う。

出る時にエントランスわきのドアが開いて人が出てきた。こんなところにドアがあったのか。…トイレか。こういうところでトイレに入る人もいるんだなあ…と思いながら歩き進むと、なんとなくその横顔に見覚えがある。セッセだった。ふりかえって確認する。確かに見覚えのある服だ。声をかけようかなと思ったけどもう奥に入って行ってしまったのでやめとく。

午後、庭の東側の一部の草むしり。あまり急がず、ゆっくりとやることにする。草を刈っていたら、勢いでクレマチスの茎を根元からバッサリ切ってしまった。ああ！　残念。紺色の大きな花が咲いていたのに。気をつけよう。茎が干からびて枯れてるように見えたので草と間違えてしまった。うう。

もぐらの穴が地下にたくさん開いてて足で踏むとぽくぽく沈む。植えた苗がポコッと地上に飛び出てることも多い。いつかもぐら退治を頼もうかなあと思ってしまう。

これから世の中はどんどん変わっていくだろう。

その変化に慌てないために、身の回りの生活、ものごとをごくシンプルにしようと思う。若かったら手を広げたり複雑にしてもいいけど、今の年齢ではそっちの方が楽だ。今を生きやすく。それが私の指標。

9月12日（土）

またたくさん雨が降った。断続的に降っている。

週末だし、今日、明日はゆっくりしよう。

人から去る時の礼儀というのがある。

去る時には静かに去るべきだ。嫌いになった理由をいちいち伝える必要はない。仕事や生活で個人的に深くかかわっていて伝える必要のある場合を除いて。ただなんとなく知っていて、好きで遠くから見ていて、去る場合。

9月13日（日）

今日は曇りで涼しい。ちょうどいい庭仕事日和だ。あとでやろう。

私の現在のスピリチュアル観を言うと、私は自分が実際に実感したこと、強く思ったことを土台にしたいと思ったので、死後の世界はどうなっているかわからない。死んだらわかると思ってる。スピリチュアル的な世界観、魂や死後のことについては、今までさんざん聞いたり読んだりしてきていろんな考えがあることが分かったけど、私自身が強く「こうだ！」と思ったことはないので、わからない。

ただ、今を生きやすくするために、死の恐怖をなくすために私が思うことにしたのは、死んでもその先がある、ということ。そういうふうに思えば死が怖くなくなるので、そう思うことにした。そう設定した。それだけですね。

人としての衰え、老化の目安のひとつに、「寛容さがなくなる」というのがあるのではないかな。寛容な人は、歳をとっても精神が老いることはない。

9月14日（月）

庭を見て回る。

それから剪定《せんてい》をしてもらおうとノロさんに電話したら、近くにいたそうですぐに下見に来てくれた。「今回は伸びすぎた枝を切るのと透かす程度であまり強くしなくていいです」と伝える。私が集めた流木を見て、さっき剪定してきたヒメシャラの枝ぶりがいいのでもしよかったらと言うので、2本いただく。くねくねしていてなにかにできそう。アート作品…、飾り…？

うちのヒメシャラの木の葉っぱが茶色くなって落ちたと言ったら、見てくれた。なんと、もう木そのものが枯れているそう。梅雨の長雨とその後の灼熱《しゃくねつ》地獄のせいか！ 残念～。

明日、剪定に来てくれることになった。朝6時に。いつもながら、早っ！

午後、観光課の馬場さん、T君と一緒に知的障碍《しょうがい》者支援センターの見学へ。いい感じのおじさんと女性の方と話す。

最初、何を話したらいいのかわからなかったけど、最後にはうちとけた。主に陶芸の話をした。陶芸の好きな男の人がひとりいて、その方が黙々と作品を作っているそう。最後にその工房を見学させてもらう。その男の人が熱心に何か作っていた。棚には乾燥中の作品、素焼きの作品などたくさんあった。かえるの置物がかわいい。田の神さあの置物は、前に2個、買ったことがあることに気づいた。今度、試しに何か作ってもいいそう。

ついでに近くの印刷所に寄る。昔ながらの小さな印刷屋さんで、T君の幼馴染《おさななじ》みなのだそう。うす暗い部屋に印刷機が静かに並んでいた。インクの缶。紙。インクの匂いは好きだなあ。

明日は朝早くから剪定。ということはゆっくり料理する時間がないということだ。なので今日のうちに明日の朝と昼のご飯の準備をしておかなくては。

里芋の味噌汁《みそしる》。味噌汁はあまり好きじゃないけど最近私は自分の好きな味の味噌汁なら好き、ということがわかったので、好きな味の味噌汁を作る。それはかつお節を煮たてた濃いだしで作るやつ。だしパックではダメ。かつお節の味がしなくては。で、それで作る。それからきんぴらごぼう、鶏肉《とりにく》のやわらか煮。インスタントのグリーンカレーがあるので、それに入れるなすの素揚げとピーマンも。

これだけあれば大丈夫。

9月15日（火）

5時半に目覚ましをかけて、鳴ったので起床。

早起きということに緊張して熟睡できなかった。

すぐに着替えて、ゴミを出し、ガレージの扉を開け、剪定のおじさんの到着を待つ。

来た！

さっそく剪定に取り掛かる。私は草むしりとかこまごましたこと。

まだ静かな町。話すのもはばかられる。

剪定のノロさんに話しかけたら、ちかごろ耳鳴りがしてよく聞こえないのだそう。

あちこち身体がいかれていつまでもつか、なんておっしゃる。その耳鳴りをかいくぐって時々質問をする。私は木のことに関して聞きたいことがたびたび出てくる。知識を聞けることはありがたく、それも含めての剪定料金だ。

12時までノンストップ。

終わった！

よかった。さっぱりとなってる。

ぐったりと疲れて、お昼ご飯を食べて、ちょっと昼寝。

外が暗くなり雨が降ってきた。

そうそう。小屋の雨どいに誘引しようとして針金を使って伸ばしていたハニーサックルのツルがノロさんにチョキンと切られてしまい、残念。上の方に気づかずに切ってしまったのだそう。次からは最初に言っとこう。また伸びるだろう。

9月16日（水）

朝からしとしと雨。落ち着く。

傘をさして庭をひとめぐり。あちこちを見るともなく見る。次はこうしよう、ああしようといろいろ考える。

シンクに小さなアリがたくさんいることに気づいた。2ミリぐらいの大きさの。昨日だったか窓を開けていたからだ。網戸はしめていたけどたぶん端から入れるんだろう。そういえば前にもアリが入って来て困ったことがあった。

最初は見つけるたびにいちいち外に掃きだしていたけどなかなか難しいのでもうガムテープにくっつけることにした。

一日中、ほぼ、家で静かに過ごす。窓を開けないようにしなくては。

9月17日（木）

「蚊対策にカッパをサッと着て外に出てます」というアイデアを読者の方から教えてもらったので、今朝やってみたら刺されなかったのでとてもうれしかった。

でも、最後に手の親指のつけ根を刺された。さすがだ。さすが、蚊。すごいね。

手袋をしてなかったからなあ。


以前から好きな会社であるBALMUDA《バルミューダ》のスピーカーのCMに「そして僕は途方に暮れる」が使用されることになったそうで、その確認作業をする。

私の小さなPCで聞いていてもジーンときた。バルミューダのスピーカーでぜひ聞いてみたい。

代表の寺尾《てらお》氏が10歳の時にカップヌードルのCMでこの歌を聞き、心に深く刻まれたという話を「もうすぐ雨のハイウェイ」というタイトルで広告に書かれていて、それを読んで、とてもジーンときた。

私はこの歌が生まれる場面に参加し、世に出せて、本当にうれしい、と心から思った。

馬場さんたちと近くの高校に行く。軽い気持ちで。先生、生徒、保護者、十数名での歓談だった。目的は何なのか、どういうふうな集まりなのかすぐには把握できず、最初はかなり戸惑った。けど、ぎっしりと要素の詰まった1時間だった。いい経験と言える。でも疲れた！ゆっくり思い出しながら、この時に感じたことをこれからじっくり考えたい。私は、私個人ではなく「作家」というイメージの期待に応《こた》えることはできない（したくない）。

夜は、コウケンテツレシピのちくわで作るかば焼き。うまくできたよ。

9月18日（金）

もぐらの穴にずっと悩んできたけど、利点（水はけがよくなるなど）もあるということを聞き、共存することにした。もう気にしないことにする。

「YESTERDAY」という映画を見た。ビートルズにはあまり詳しくないけど、歌の意味が二重に感じられるいい映画でじんわりと感動する。

午後は踏み石と石の間の草むしり。蚊対策で合羽《カッパ》を着て黙々と。ずいぶん進んだ。

大人になったら幸福の責任は自分にある。

30歳とか40歳とか50歳とか、それぞれの年代でそれぞれに段階はあるが、幸福ではない理由を他人や環境のせいにはできない。それはもう自分由来だ。

9月19日（土）

今日から4連休とのこと。空港にも人が多くなったらしい。

つれづれ㊳のチェック作業をやって、それから庭の作業をやる予定。

午前中ずっとぐずぐずして、午後になって作業。終わったのでコンビニに発送しに行く。ついでに「金のビーフカレー」、ワイン、冷凍小籠包《ショーロンポー》、つまみに「やわらかいかフライ」などを買う。

川の方にまわって、川原を観察。雨で土が流れている。石は、それぞれにすこし居場所を替えて、依然、そこにあった。

それから庭仕事を少々。

ある石の脇に穴があって、そこになにか三角形のものがチラッと見えた。もぐら?

いや、もぐらは外には穴をあけない。穴をあけるとしたらねずみだ。

ねずみか…。

しばらくその三角形の口元?をチラチラ見ながら作業する。気になったのでシダの葉で穴をつついてみた。するとその三角形はパッと消えた。

やはりねずみだったのか…。

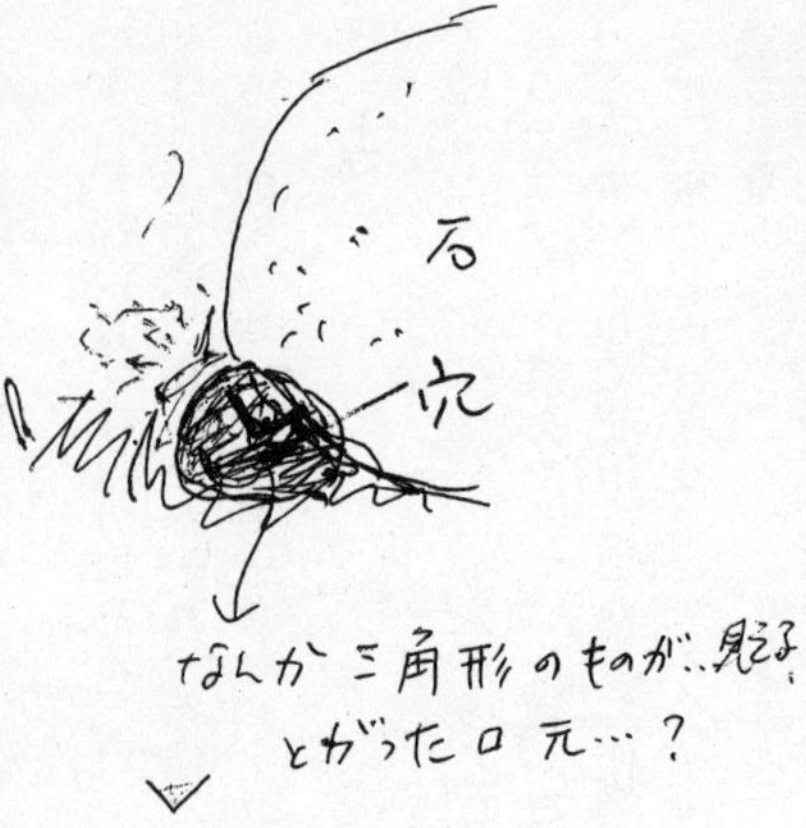

それからしばらくしてまたその穴をのぞいたら、カエルがいた。カエルだったのか。三角形の形が同じだ。そうかカエルか…。なんだ…、という感じ。ホッとしたのかな。遭遇時の緊張度は、もぐら＞ねずみ＞カエル。

9月20日（日）

今日は小学校の運動会のようで、朝から空砲がポンポンと鳴っていた。なんだか平和な感じです。

ちかごろ蝶々《ちょうちょう》がすごくたくさん飛んでる。いろいろな大きさとさまざまな色。鮮やかな黄色、黒とオレンジ、白に点々、白と黒…。2匹でひらひらしてたり。

庭仕事をやる。草むしりと森（と私が呼んでいるところ）の道作り。

9月21日（月）

彼岸花がすこし前から急に咲き始めた。いきなりの赤。陽に透いてきれい。本当に急に咲くのがすごい。驚く。

またやってしまった！　煮玉子を作ろうとしてゆで玉子を作ったら、殻がうまく剝《む》けずにビリビリはげはげボコボコ。

キャー！

悲しく悔しい。またやってしまったよ…。コツがあるのだ。つるんと剝けるゆで玉子を作るには。それなのに最も下手になってしまった。前にもあった。こういうこと。ううう。


どこにいても、誰にでも、嫌なことはいつも2割ほどある。

うーん。いや、1割か？

まあ…、人によってそれぞれ、ある程度、ある。

誰にでもある。いつでもある。いくつになってもある。どこにいてもある。

9月22日（火）

昨日の煮玉子、とてもおいしくなりました。表面がゴボゴボしていてかえって味染みがよく、見た目は悪いけど味はグッド。

今日は髪をカットしに行く。5月末に一度行った近くのお店。シャンプーはしなくてカットだけ。けっこう伸びていたのを肩までの長さに。軽くなった。前回ヘナアレルギーでもう白髪は染められなくなったと話したので後日談を報告する。「利尻《りしり》昆布トリートメントというヘアマニュキュアを見つけて、それで染めたら大丈夫でした」

「まあ、よかったですね！」

カットしてもらいながら短時間、いろいろ話す。この方、おひとりでお店をやってらして、さっぱりしていてとても話しやすい。また来よう。


ドライブしてたら田んぼの中の彼岸花がとてもきれいだったのでカメラを取りに帰って写真を撮る。ついでに気になった民家の植木なども撮る。なんとなく好きだなと思う植木をあちらこちらに見かける。人の手が入って、中途半端で素朴なおもしろみが感じられる。


テレビでいろいろ言うので気になり、今日の藤井対羽生《はぶ》の王将戦を会費2000円を払って将棋プレミアムに入会して見ようかどうしようか迷う。何度も迷った末、夕方になってついに入った。最後の数時間を見る。

回線が混んでいるみたいでいちばんいい時に30分以上も繋《つな》がらなかった。ものすごく悔しかった。結果は藤井二冠の負け。でもじっくりとした強い戦いで、力になる負け方だったと思う。今まで藤井戦では羽生さんのいいところが出てなかったのでよかった。

9月23日（水）

東京へ。

準備して、支度して、戸締りして。忘れ物ないかなと。なし。

ブーッと空港へ。空港に人がいる。生きている。ひさしぶりだ。飛行機が着いて、出た通路でみんなが左側を見て写真を撮っていた。なんだろうと見たら「嵐」のジェット。あら、と思い、特に興味はなかったけど私もまねて写真にとる。楽しかったわ。なんか。

羽田《はねだ》空港にも人がたくさんいた。タクシーの運転手さんといろいろ話しながら帰る。

家に着いて、誰もいなかったけど、それほど散らかってもいなかった。カーカが来たみたいでお皿も洗ってくれたよう。

食料がなかったのですぐに買い物に行って、夜は鶏《とり》のやわらか煮。

夜遅く、サクがギターをかついで帰ってきた。今日はライブだったそう。留守中、どうだった?と聞いたら、釣りに行った、と。黒鯛《くろだい》を釣り損ねたそう。最近よく行くね。いいね。釣り。

9月24日（木）

すずしい。急に。台風は東の方にそれたよう。

今日はのんびり過ごそう。

せっかく将棋プレミアムの会員になったので王将戦でもみようか。今日は佐藤天彦《さとうあまひこ》九段と広瀬《ひろせ》八段の対局。

あとはこまごまとした作業、雑務。国勢調査の用紙も来てる。

国勢調査、ネットでやったら簡単だった。

夜はミートソースペンネパスタ。おいしくできた。

評判を聞きつけて「Number」藤井聡太《そうた》特集号を注文。届いた。想像したよりも薄い雑誌だった（厚さが）。しばらく近くに置いておいてちょっとずつ読もう。

9月25日（金）

今日も曇り。ぼんやりと家で過ごす。

これからどのように生きるか、水まんじゅうのようなぽわぽわした頭で考える。

考えをクリアにして、無理せずに自然に任せる…。

午後、プールへ。水中ウォーキング。水の中で急いで歩こうとするとなかなか進まない。まったく進まなくて、笑えるほど。

夜は録画していた番組をいくつか見る。マツコ、美の壺《つぼ》。

9月26日（土）

少し前に歯に違和感を覚えたので歯医者へ。でも今日は痛くなくて、レントゲンを撮っても、どの歯がどうなったのかよくわからず、様子を見ることに。ついでに定期のクリーニングの予約をとる。このたび先生が替わって、新キャラ。くるくる髪の若い男性。小さくて丸っこくて力の抜けたラッパーかサーファーみたいな。話すとちゃんと答えてくれるので「会話は通じる」と思った。会話が通じない人ってよくいるから、そこはよかった。

そのままジムへ。またプールでウォーキング。

帰りにスーパーで買い物。なんとなく2日分の食材を買う。ホットケーキの材料も買った。なぜか。

「ダウンタウンなう」の新庄《しんじょう》、NHKのベニシアさんの番組を見る。新庄氏、いつも前向きでアグレッシブ。これからもどうなっていくのかチラチラと興味深く見ていたい。

9月27日（日）

プールでウォーキング。顎《あご》まで水に浸《つ》かってゆっくり静かに。どんなに急ごうとしてもなかなか前に進まない。そのもどかしさに、ふふふと笑いがこみあげる。

夜ごはんは、サバの一夜干しと人参《にんじん》を極細に切った炒《いた》め煮。

9月28日（月）

今日はずっと家にいた。

今の私の夢は…と、青い空にぷかぷか浮かぶ白い雲を眺めながら考えた。そして思いついたのは、

私の夢は、「こころ安らかに生きること」。

夜ごはんは最近知ったレシピで、鶏のパリパリ焼き。

藤井聡太特集の「Number」を少し読む。最初の記事の中で好きだった箇所は、記者の方が「訪れてみたい国、街、場所は」と聞いたら、長考し、後日メールで回答が来た、というところ。いいかげんに答えたりしないところが素晴らしい。「インタビューを重ねる中でも、おざなりな言葉を選ぶことは一度もなかった」と記事にも書いてある。ちなみに回答は「難しいですが、敢えて挙げるなら未来です。場所ではないですが（笑）。テクノロジーの進歩によって社会がどう変化するのか見てみたいです」。二冠となり、「将棋界を代表する立場としての自覚は必要になるのかなと感じています」と会見で話した通り、その後の立ち居振る舞いはタイトルホルダーのものになったと思う。その意識的な変化にも感動を覚える。そして私からも遠くなった。

9月29日（火）

9月いっぱいの明日までのんびり過ごして、10月になったら仕事に集中しようと思う。『ひとりが好きなあなたへ』の続編を書く予定。

今日は午前中プールへ。ゆっくりとした時間をすごす。途中、まるちゃんおじさんが入って来たので、「こんにちは」と挨拶《あいさつ》する。私はひたすら水中ウォーキング。どんなに急いでもゆらゆらとしか進まない。そこがつぼ。

帰りに買い物。今日はひとりだから鮭カマ焼きにしよう。こんがり焼きたてにお醤《しょう》油《ゆ》をたらして…。

栗の季節だ。栗のケーキが限定発売されていた。1個980円。小さいけど高い。どんなにおいしいかと思い、買ってみた。するとスポンジ好きな私には悲しいほどスポンジが薄く、底に1枚。ほとんどが栗の細切れだった。栗の細切れがぎっちり。それを生クリームでドーム状に覆っている。確かに栗の分量は多い。高級だ。けど私はスポンジが好きだから、あまりうれしくなかった。最後の方は無理に食べた。

お皿を洗って、壁についたシール跡をなんか洗って、お茶を淹《い》れて、小さく仕事。ふむふむのんびり、遊びながら、こまごまとした仕事（作業）をこなす。

9月30日（水）

スマホのバッテリーがますます弱って、1時間も持たない。早く機種変したい。次の発売のタイミングで変える予定。10月ぐらいか。

今日もプールへ。ほとんど人のいない時間があり、ゆっくりと水中ウォーキングしながら瞑想《めいそう》状態。サウナでひさしぶりにガンジーさんとふたりだけだった。最近強く感じたことをかいつまんで話し、最終的に、「自分のマニアックなオタク的世界をじっくりと追求していきたい」と結ぶ。

夜、利尻昆布トリートメントをする。

チャーリー・カウフマン監督の「もう終わりにしよう。」をネットで3日間かけて見終える。最初の夜と2日目は眠くなってしまい、今日は明るい午後に見たのでしっかり最後まで見られた。

かなり奇妙な映画で、出だしの不思議な雰囲気にとても引き込まれたけど、実際の映画の内容におもしろみは感じられなかった。見終えてネタバレ解説をいくつか読んで、やっと全体像をぼんやりとつかむ。いろいろな知識がなければとうてい理解できないというか、いろいろな予備知識があれば（この監督を好きなら）とても楽しめる映画のようだ、と思った。

10月

10月1日（木）

今日はサクの内定式（そういうのがあるのを初めて知った）。

コロナの影響でリモートで。先日リハーサルがあり、リビングの椅子をどかして、テレビをずらし、絵を移動して、白い壁の前に座ったサク。中には本棚を白いシーツで覆ってる人もいたそう。

説明後、始まって、それぞれ短く自己紹介。私は隣の部屋にいたけど声がわずかに聞こえた。

夕方にはもろもろの説明会。社員寮やその他、みんながまっさきに知りたいことなど。私がリビングにちょっと入った時、ちょうどその社員寮のことを話していたので近くで聞いてみた。遠距離の人は寮を希望する人が多いそう。ほぼほぼ9割は寮に入るとか。だったら寮でいいんじゃない？とサクに目で合図。寮といってもふつうのマンションを社員寮として会社が借りるという形みたいで。部屋を探さないとね…どういうふうにしようか…と考えていた私はちょっと安心する。

そのあたりの話はわりと砕けていたので私もコーヒーカップを手にPCの画面をのぞき込んでいたら、サクがパチパチと操作して画面を切り替えて指し示した。私の顔がサクの右上に赤丸く（って見えた）映ってる。

あら！
あわてて移動したけど、見た人がいたかも！
恥ずかしくてしばらくひとりで笑ってた。たくさんの四角い画面があって、それぞれに内定者の若者たちの顔が映ってて、どの画面を大きく映すかはそれぞれ次第。私が画面を覗《のぞ》いた時は表みたいなのが映っていたので安心してのぞき込んだんだけど、そうか、サクの画面には映り込むんだね周りが。
ああ、笑った。でも、部屋探し問題が解決して、ホッとした。

今日も午前中、プールでウォーキングをした。最近これがマイブーム。いつまでもずっとできる。自分に言い聞かせること、忘れないように何度も言いたいことがあるので、それを繰り返し思い出しながら歩くのが楽しく、充実感を覚える。

あと、私にはひとつだけ、この自分の人生で、わからないことがある。それがどうなのか、いったいどういうことか、どうなるのか、なぜなのか、最後まで知りたいし、追求していきたい。…ということも改めて思った。


最近の印象的な会話。

今朝、マンションのエレベーター前で待ってる時、お掃除の頭のツルッとしたおじさんが「雨が降っててやだね〜」と話しかけてくれた。

「あ、降ってるんですか？」

「ちょっとね」

「ああ。知りませんでした」

そのちょっとした会話がうれしく、とても心が温かくなった。

昨日すれ違いざまに聞いた会話。
背中に3歳ぐらいの弟をしょった6～7歳ぐらいの兄と4～5歳ぐらいの妹がお父さんと歩いていた。
兄「同化しててよく見えない」
弟「同化ってなに？」
兄「同じ色、同じ色」
妹「生命力が高いってこと？」
兄「ちがうちがう」
そこだけが聞こえたのだが、ものすごく心に残った。子どもたち同士の会話ってなんかすごいね。すごくすごいよ。
聞く癒《いや》し、心のオアシス、知らず知らずにヒーリング、「静けさのほとり」のキャッチコピーです。みんなが言うので。あと、今思いついた、癒しのすきま家具。
私はやっぱり、じりじりしながら時が過ぎるのを待つことが苦手で、それさえなければ気分は晴れてる、と思う。

10月2日（金）

昨日はワインを飲みすぎた。１本。ちょっと後悔。

２本で３０００円というセールをやっていて、おっ、と思って買ったらついつい。で、なぜか朝起きてみると台所にたくさんの野菜のソテーができていた。

そうだ。なんかいろいろ調理したんだった…。

お刺身用のヒラメを細く切ってすりゴマとお醤油《しょうゆ》で漬けにして、にんじんを細く切ってお醤油炒《いた》め、大根をサイコロ状に切ってこんがりソテー、カボチャもいちょう切りにしてソテー、ジャガイモは細切りにして塩コショウでソテー。これはフライパンの中でちょっとパリパリになってた（味はおいしい）。

そうだったなあ…と思いながらそれらを朝食に粛々と食べる。味付けがどれもひとひねりスパイスを利かせていて濃かった。つまみか。

酔うと時間のかかる料理をひたすら作る癖が

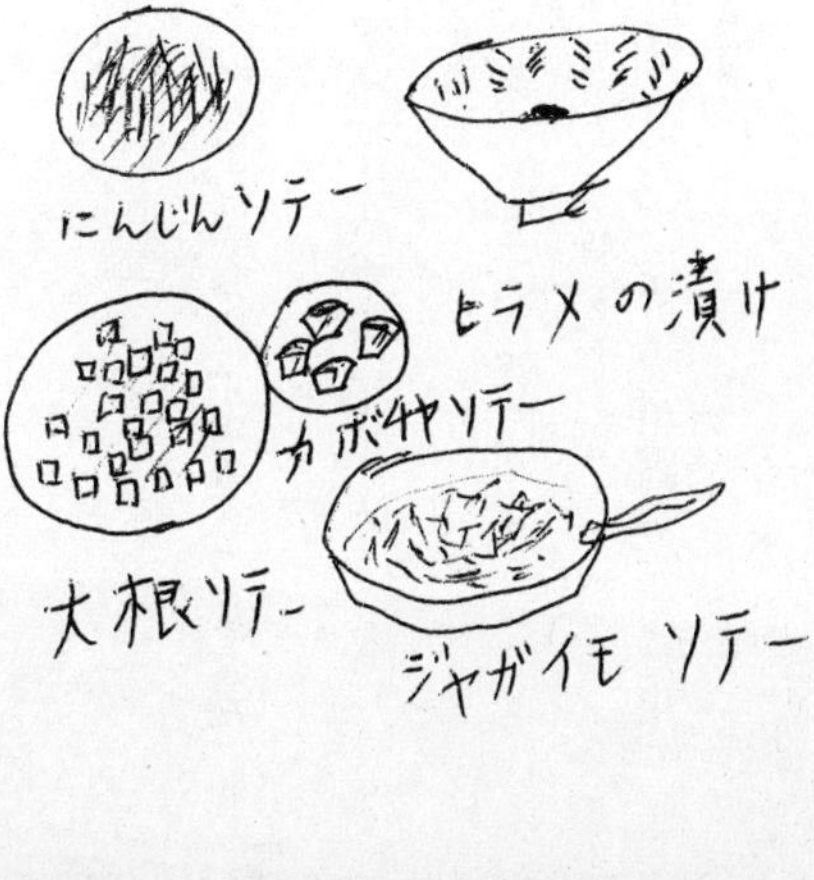

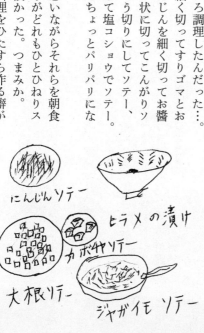

ある。

それからプールへ。

人が少なく、静かに1時間ほど水中ウォーキング。今日も熱心に宇宙遊泳のようなのろのろさで歩き、同時に考えを整理する。

これからの生き方の心構えを何度も繰り返し唱える。これが妙に心地よい。

午後、歯の定期クリーニング。担当は先日の新キャラの先生。実際のクリーニングは歯科衛生士のいつもの女性。「きれいに磨かれてますね」と褒められた。

歯の詰め物の一部が欠けているのでその治療の予約をする。先日違和感を覚えた歯はたまに沁《し》みるのでこちらはもうすこし様子を見ることに。

帰りに公園を散歩する。

外を歩くのはひさしぶりだ。秋の花や壁のつた、黄色い落ち葉を眺めながらぶらぶら歩く。

帰ったらトランプ夫妻がコロナ感染のニュース。おお。まさにオクトーバーサプライズ。まさかわざと劇的に？と思わせるほどのタイミング。

あと、石原《いしはら》さとみ結婚。みんなガックリ。まあまあまあまあ。

10月3日（土）

午前中、プール。ひたすら考え事の整理をしながらのウォーキング。体が冷えたら外のジャグジーで温まり、ふたたび歩く。1時間は歩いてたなあ。なぜ飽きないのだろう…と思いながら。

土日は人が少し増える。みなさん健康に留意されているのだろう。それぞれにそれぞれのことをやっているのを感じる。お風呂《ふろ》は人が少なかった。

帰ったら、トランプさん入院のニュース。ううむ。どうなるのか。気になる。

午後、やるべき仕事を先延ばしにしてグズグズしてばかり。

そして昼寝。

おとといぐらいから出かけているサクから、「今日の夜か明日の昼帰るね。ご飯はいらないや」というライン。

了解。だったら夜は簡単に焼き鮭にしよう。ゆるゆると豆腐のお味噌汁《みそしる》と余った豆腐で豆腐ソテーを作る。

10月4日（日）

昨日の午後仕事をするつもりだったけどする気が起こらず、結局しなかった。今日の午後にすることにする。それまで自由時間。プールへ。ひたすら歩く。今日もじっくりぼんやりひたすら考えにふける…というか、逃避かも。

そしてついに午後、仕事をする気持ちになり、無事終了！

よかった～。

10月5日（月）

今日は王将戦。

朝早く起きて動画を見ていたら、初めて見た動画で「自然農を始める方へ　いちばん大変な事」というタイトルが見えた。なんだろうと見てみると、隣の慣行農法をやってる方との境界線の話だった。草をどうするか…。人それぞれに大切にしているものは違うのでどうやってまわりとうまくやっていくか。

その流れで、「同一化することが私たちの苦しみの原因」という話になった。感情が強く揺さぶられる時は自分が何かと同一化している時で、自分が何と同一化していたかがそれによってわかる。気づくきっかけになる。何に同一化していたかに気づいた時点で、もうひとつの視点、もうひとつの自分が動き始める。同一化している対象は常に変化し、やがてはなくなってしまう。この世の中にあるもので変化しないものはない。何ものとも同一化していない自分とは何か、それを私は自然農をすることで発見できました。みたいなことを静かにおっしゃっていた。そうそうと同意しながら聞く。

この人の作った野菜を買いたいと思って調べたらフェイスブックの存在はわかったけど私はフェイスブックをやってないので画面の中に入れなかった。でも私はたどり着くのが困難なもの、たどり着けないものも好きなのだ。

王将戦は豊島《とよしま》竜王と。豊島竜王は見るからに頭がよさそうだ。冷静で。藤井二冠はこの豊島竜王が苦手なのか5連敗しているのでぜひとも勝ちたいところ。しかも王将リーグでは1敗しているのでもう負けられない。

激戦の末、負けてしまった…。
でも負けて強くなるのだからじっくりゆっくり成長してほしい…。

10月6日（火）

プールに行って、夕食の買い物をして帰ってきて、仕事もして、いろいろ。

夕食は、安売りのカナダ産マツタケ（500円ぐらい）と鶏肉《とりにく》と銀杏《ぎんなん》の炊き込みご飯。おいしくできた。それとお刺身5点盛りとしじみの味噌汁。

10月7日（水）

今日からサクは北海道に2泊3日の旅行。友だちとGoToで安く。釣りをするとか。最初は大島《おおしま》に行く予定だったけど台風14号が近づいているので予定変更。

私は明日宮崎へ。台風の影響はぎりぎり大丈夫かなという感じ。

プールに行って、買い物して帰宅。洗濯やこまごましたこと。あとのんびり過ごす。

さっき知人に書いたメールの文章がなんかよかったのでここにも書いとこう。占いはもう卒業という内容。

「私は占ってもらうと、ものすごく意識してしまい、逆効果なんです。

自分の未来は自分だけのお楽しみとして、自分の意志で迎えた方がいいなと。

まあ、もう相当大人になってやっと、そう思えるようになりました」

夜は昨日の炊き込みご飯がおいしかったので引き続き同じメニュー。今日はベーコンともやしの炊き込みご飯。これはずっと前に読者の方から教えてもらったもので、意外な組み合わせなのにとてもおいしいのでたま〜に食べたくなります。それと貝のお刺身としじみの味噌汁。

YouTube動画で、悲観的なことを言いながら人を恐怖に陥れてる人と、悲観的なことを言いながら人を一生懸命励ましている人がいて、どちらもたまに見たくなって、見たい気分の時にちょこちょこ見ている。今日は悲観的&励ます、を見ていた。その日の気分であれこれね。

10月8日（木）

宮崎の家へ。

羽田空港も鹿児島空港もまあまあ人がいて賑《にぎ》わいも少し戻ってきたようでよかった。

レンタカー屋さんへ。最近私はいつも一番安い料金のところで借りる。毎月のことなのでね。で、今回は楽天トラベルで安い順で検索して一番安かったWレンタカー。いくつか格安レンタカー会社があって、ここも何度も利用している。おじちゃんが空港まで迎えに来てくれた。ブーッと営業所まで移動する。

いつものようにカウンターで手続きして、車へ移動。

すると!

なんとこれは、大きな車。いつもは軽なのに…。

「大きいですね…」としり込みしながら、替えてくれないかな…と心の中で思いながら言ったら、「乗り心地、いいですよ〜」とおじちゃんがうれしそうに言う。トヨタのプレミオというのらしい。

ふうむ。そうか、車種おまかせのなんとかキャンペーンって書いてあったような。

大丈夫かな…こんな大きいの運転するの久しぶり、と思いながら乗り込む。革張りのシート。ハンドルも高級そうな木と革でしっくりと手になじむ。いいね。

おじちゃんは洗車しに行った。

私はETCカードを入れて、座席の調整。前へ。

うん?

前に動かす方法がわからない。座席の側面に3つのつまみがあって、すべてを何回もいじったけど、座席の上下、背もたれの前後、腰の調整などで、席を前にずらすつまみがない。座席前方の下を見たけど、ない。座席を前後に動かせない車はないから、絶対にあるはずだから、と思って考えたけど、わからない。わからないとは悔しい。けど、ついにギブアップ。

「すみませ〜ん」と言いながら、ホースから水を勢いよく車にかけているおじちゃんに近づく。

「席を前に動かすやり方がわからなくて…」

「ああ。むずかしいんだよね〜」

と言いながら、教えてくれた。つまみのひとつを「前方に押しながら保持する」だった。これは1度教えてもらわないとわからないわ。

お礼を言って、出発。

スムーズに車は進んだ。ゆったりと動いて、音が静か。ウィンカーの音もあまりに静かでついているのか疑ったほど。

今回は15泊16日借りた。それで3万円。1日当たり約2000円とは安い。でもね、バック時のモニターがなくて不便だった（あとで知ったが去年の7月に納車の新しい車だった）。

そしてナンバープレートは札幌《さっぽろ》ナンバー。

札幌？

それを見た時、しみじみとした気持ちになった。札幌から旅人たちが、乗り継ぎ乗り継ぎ。九州の鹿児島まで長い旅をして来たんだね。どう？　ここは。暑くない？　暑いでしょう？　いつかまた北海道に帰る日が来るのかな…。

さて、そんな感傷的な思いを一瞬抱きつつ、家へと向かう。途中、スーパーで数日分の食料を買い込む。

家に到着。

まずは庭チェック。なにか変化はないか。花は？　木は？

あまり変化はなかった。秋らしく、すべてがだんだん黄色や茶色になっていた。

10月9日（金）

今日は竜王戦の七番勝負第一局があるので見なければ。豊島竜王と羽生九段。見ながら30分に1回は庭に出て、チョロチョロ観察する。彼岸花が枯れていた。ルリ玉アザミも枯れている。切らなければ。

台所のシンクの生ごみの蓋《ふた》を開けたら、なんと！

ヤモリがカラカラになって死んでる。2匹も。ああ…水を求めて来たのか…。ギョッとしながら、できるだけ遠ざかって捨てる。

最近私は、YouTube 動画の方向性を決めた。

確か、2年か3年ぐらい前に（いつからかを確認しようとしたけどわかりませんでした）、最初はひとり語りを練習するために始めて、今はずいぶんひとりで話せるようになりました。

今までいろいろなパターンでやってきて、それぞれにどんな気持ちになるか、どういう反応があるかをじっくり丁寧に見ました。

決めたことというのは、私はチャンネル登録者を増やしたいわけではないので、で

きるだけ画面をシンプルにするべく、チャンネル登録者数、高評価低評価、コメント、を表示するのをやめた、です。とにかくストレートに私が伝えたいことだけを一方的に伝えるのでいいや、というのがいろいろ試してきた結果、たどり着いた思いです。見ている人もできるだけストレスフリーにしたいので。

私はいつも「試しに実験する」ということをします。思いついたことを実験して、その様子を見て決めるという。まあ、とにかく、私の動画をたまたま見て、おもしろいと思ってくれた人がおもしろいと思ってくれた期間だけ見てくれたらいいというスタンスでこれからも楽しんで私もやっていきます。楽しいですよ…。

また流れによって変わるかもしれませんが。

10月10日（土）

竜王戦二日目。

じりじりとした緊張感ある展開。

観戦しながら、時々庭仕事。

そしたら、秋の蚊にたくさん刺された。蚊は越冬のために吸血しなくてはならないのだそう。おお。そうか。

そんな庭仕事中、思ったことがあった。

私はこの塀に囲まれた閉鎖的な家で好きなように過ごしている。

自由に、時代も時間も年齢も性別も国も気にせず、だれにも気兼ねなく、ひたすらあるがままに。ここは塀に囲まれたシャボン玉のような丸い平和な自分だけの世界、空間だ。

まわりとの関係が希薄な私は、このシャボン玉が東京にあっても、宮崎でも、よその国でも、宇宙空間でも、関係なく変わらず同じことをこの中でしている。

どこにいてもきっと同じだ。この自分の塀の中で同じように過ごしている。

そうなのだ。


羽生九段が負けてしまった…。でもまだ一局目。これからも楽しみ。


そしてまた庭にいて、ある思いがわき起こった。

なぜか思い出したことがあって。

「親に感謝しろ」と説教する人が嫌いだ。昔から、そういう人はいた。

私が自由にしていられるのも親のおかげだとか、兄弟のおかげだとか言う人がいた。

ある時。「よかったね。お兄さんがお母さんの面倒をみてくれて。感謝しないとね」

まるい小さな
この中は
どこにいても
同じ世界
自分の
ぷか
ぷか

と諭すように言われた。「うん」と、私はまるでその人に謝るように言った。私が感謝してないと思ってるのだろうか。

人の生活にはいろいろな要素があって、それは他の人からは容易に理解できない。他人にはわからない家族だけの大事な関係はあるんだよ。他人にはわからないことはあるんだよ。私が楽しているようにみえたかもしれないけど、家族の間にはその家族だけにしかわからない、深くて複雑で、やさしい関係があるんだよ。

いろいろあるんだよ…。

と、思ったけど、言わなかった。

人から見たらそう見えるんだろうなと思ったから。

はい。

そうです。

私は感謝しなければですね。

社会に対しては従順に。

そして、自分に対しては誠実に生きる。それで起こる矛盾には工夫して対処します。

それを知恵と呼ぶのかも。

10月11日（日）

夜中の3時半に目が覚めて眠れなくなった。どうしようと思い、動画の朗読を聞くことにした。山本周五郎《やまもとしゅうごろう》「橋の下」。真夜中に耳を傾ける。しみじみずっしり、ジーンときた。

観葉植物トリオをヤマモモの木の下に置いといたら、帰ってきたら白っぽくなって乾ききっていた。いけない。雨が降ってなかったみたい。すぐに水に浸《つ》けて今日で3日目。どうにか緑色が戻ってきてホッとする。

ネットで最近たくさん買っているのが不織布ポット。風通しが良くて使いよさそう。まだ使ってないけど使うのが楽しみ。大きなのは草むしりの草入れにするといいと聞いた。通気性がいいのでカラカラに乾くのだそう。さっそく大きいサイズのを追加で買ったら大きすぎた。直径80センチはさすがにね。直径48センチの方はまあまあよかったけど5つセットだった。ひとつ買ったつもりが5個も！

王将戦をチラチラ見たり、庭の見回りをしたり。なんとなくだらだらと過ごす。日曜日だしね。

10月12日（月）

トラックから砕石を下ろすような音がしたので見てみると、セッセのところにトラックが停まっていた。あとで行ってみよう。

しばらく庭いじりをしてからセッセに挨拶《あいさつ》に行く。私たちは世の中の大変さを話すのが好きなので、これから世界はこうこうこういうふうに変わっていくかも…と暗い予想を楽しく話す。セッセは「家作りがなかなか進まなくて気ばかり焦る」と言っていた。注文したものが届くのに時間がかかるのだそう。「でも自分でできることはやってるんでしょ？　だったら焦ってもしかたないでしょう」といつもの会話。

木の板のいらないのがあったらちょっともらっていい？と聞いたらあったので2本もらう。シンクの窓でちょっと使いたいことがあり。

でも置いてみたらあわなかった。

今日は裏の庭の歩きにくいところに踏み石をはめ込んだ。使っていない踏み石を表から運んできて、土を削ってグラグラしないように調節する。歩きやすくなった。

午後、川へ散歩。変わっていないか。

草がけっこう茂っている。

川原を歩いていて下を見たら、地面に小さな草の芽が出ていて、その形が丸いわっかになっている。輪ゴムのように。かわいい。これは写真に撮りたいと思い、カメラを取りに帰る。こういうのは今度、と思うともうなくなっているから。

録画していたテレビ番組を見る。黒柳徹子《くろやなぎてつこ》の「プロフェッショナル」。「孤独ではないですか？」と聞かれ、「そりゃあ孤独ですよ。家族もいないしね」と静かに答えたところが好きだった。

藤井二冠のNHK特番。よく使われる子供の頃の負けて泣いてる場面が好き。一見、ぼーっとしていて穏やかそうだけど、「実はとても負けず嫌い」というエピソードが大好き。

千鳥《ちどり》のクセがスゴいスペシャル。人気だというほしのディスコの歌声は私も好き。

10月13日（火）

早朝、今日も山本周五郎の朗読を聞く。「花匂う」。

じっと聞き終えて、やはり私は山本周五郎の小説世界が好きだった、と思い出す。

心が落ち着き、はやる気持ちがなくなる。静かに満たされた気分…というのか。

また聞こう。


午前中PCに向かって仕事をしていたら、うっかり指が熱いお茶の入ったコーヒーカップに当たってバーンと倒れた。淹《い》れたばかりのお茶がPC、テーブル、Tシャツ、座っている椅子、床、一面にこぼれた。

ギャア！　しまった！

濡《ぬ》れたシャツも熱いけど、それよりもPCが！

見るとキーボードの上にもかかってる。大急ぎで持ち上げてさかさまにする。さかさまの状態を保ったまま拭《ふ》いて、そのまま置く。壊れたらどうしよう…。

濡れた服を脱いで、テーブルと床を拭いて、椅子を拭いて陽の当たる場所に置いて、いろいろ始末する。

キーボードが動くかおそるおそる触ったら、大丈夫そうだった。よかった…。

お茶のカップには気をつけなくては。気がゆるんでいた。後遺症が出ないかしばらく心配…。

セッセに木の板を返しに行く。ついでに家の中を見せてもらう。今はまだ窓のサッシが入った段階で、中はがらんどう。

「あれ？　天井、意外と高いね。天井の低い家にしたいって言ってなかった？」

「それが言うのを忘れたんだよ」

「へー、それが一番の条件とまで言ってたのに」

窓のサッシの色がそれぞれ違うのでどうして？と聞いたら、なんと今住んでる家の窓を外して持ってきているのだそう。

「えっ！　まさかしげちゃんの部屋のは外してないよね」

「端っこの部屋のは外してる」

「じゃあ風が吹き込んでるの？」

「プラスチックの板でふさいでる」

「暗いの？」

「いや。透明の」

「へー。ちょっとその様子を見に行きたい」

「冬はどうなるかと…」

「そうだね」

食料がなくなったので買い出しに行く。これで数日、大丈夫。

10月14日（水）

昨日は悪夢を見た。夜中に聞いた朗読のせいかもしれない。怖い夢というのではなくとても嫌な夢だった。ああ。早く忘れよう。パッパッと夢の残像をふりはらう。

今日も快晴。

でも私は今日から仕事。『ひとりが好きなあなたへ』の続編。気持ちを集中すべく、仕事部屋でノートを広げる。大事なことをメモしてる「いろいろノート」。ヒントにしようと読んでみたけどピンとこない。もうこのころから気持ちが変わってる。なので、いったん作業をやめて庭に出る。

ヤマボウシの落ち葉がいっぱい。

これを拾い集めるか。竹の落ち葉かきで集めて円筒形のバッグに入れる。それでは集められない落ち葉は手でコツコツ拾う。

ゆっくりやったらずいぶんスッキリときれいになった。

その作業中、スマホに入ってる歌を聞いてて、ハッと、そうだそれで書こう、その気持ちで詩を書こう、と思いついた。

よし。これで書ける。

夜、録画していた「金スマ」、ゲスト郷《ごう》ひろみを見る。郷ひろみは昔、大ファンだったので懐かしい。デビュー時の映像も流れて、そうそう、これこれ！と思い出す。あの初期の頃の顔と声が好きだった。最初の2年ぐらいにあったあるもの、それが好きだった。そのあと、消えたあるもの。

10月15日（木）

しばらく仕事するために庭仕事はひかえよう。

で、仕事部屋のブラインドも下げたまま、PCに向かう。計画表も作った。

たまに外に出たり、お昼ご飯を食べたり。

今日はとてもさわやかだ。窓からすずしい風が時折吹き込む。気温も湿度もちょうどいい。最高の秋の日。

午後、ちょっと用事で外出。

ついでに、そうそう。あれ買おう。ガーデニング用のショートブーツ。前持っていたんだけど破れてしまって捨てたから。安い靴屋さんで探す。１３８０円のを買った。

雨靴みたいなの。

家に帰って靴箱を開けたら、なんと！　捨てたと思ったショートブーツがある。破れてなかったみたい。なんだ。しまってたんだ。試しに履いてみたらゴム製でいい感じ。靴箱を調べるべきだった。

あとひとつ今日の失敗。ひさしぶりだったので郵送の勘が鈍ってた。窓口で封筒を送ったら、230円。お金を支払って、なにげなくカウンターに目を落とすと、180円のレターパックの見本が置いてあった。あら！　これで送ればよかった。50円も安く送れたのに。レターパックの存在を失念してたわ。

郵送に関してはいつもよくわからない。宅配便がいいのか、郵便局がいいのか、大きさによっても違うし。


今日は極力、家にいて仕事をした。夜。プレバトを見ながら晩ごはん。メニューは昨日、とてもおいしかったからまた同じもので、細切り大根と豚肉のしゃぶしゃぶ。

静かな秋の夜。シーンとしてる。

大きな空間にひとり。

静かな部屋とテレビとご飯。

とても孤独…っぽい。なぜだか急に孤独を感じた。寂しさか。

困った。

私は寂しいと感じたくない。

いつかだれか気の合う人と出会うかもしれないと望みを持ちながら今まで生きて来たけど、もう出会わないかもしれないと思うようになった。自分の好きなことを選択し続けたらこうなったのだ。だからしょうがないんだ。

もうあきらめた以上、これから私はこの孤独を孤独と感じないための戦い（工夫や挑戦）をすることになるだろう。

ひとりでも、孤独でも、寂しくても、ひとりで孤独で寂しいと決して思わないですむ考え方を努力して開発するだろう。

…ということを思った夜。

10月16日（金）

一日中、詩を書く。

部屋を暗くして、集中して。

時々、休憩がてら庭に出て落ち葉を拾う。

10月17日（土）

今日は雨。そして寒い。

昨日は仕事が進んだ。山を越えた感じ。

あとはゆっくりと坂道を下ればいい。


昨日の夜、また孤独を感じたらどうしようと思ったので、この暗がりがいけないんだと思い、いつもは開けたままの庭に面したブラインドを下ろして、そこの電気をつけた。閉じた空間が明るくなり、するといくらか安心した。

孤独を感じないという挑戦。

でも、ふと思ったけど、「孤独を感じた」というのは行ったり来たりの宙ぶらりんの今だからかもしれない。本当に引っ越してここに足をつけたら全く違う気持ちになるような気がする。ここを完ぺきにいごこちよく便利にカスタマイズして、夜もルーティーンワーク、やりたいことでいっぱい、忙しくて時間が足りない、ってなったら孤独感や寂しさはなくなるかもしれない。あるいは違うもの、違う形になってくれるかも。

これまで「死の恐怖」や「お金とは」をひとつひとつ乗り越えてきたように、これも乗り越えよう。

孤独感の克服。

あまりにも寒くてくしゃみが出るので暖房を入れてダウンを着こむ。風邪をひきそう。ひきたくない。明日、人に会うから。

今日の夜はおとといのような孤独感はなかった。その時によるのだろう。でもまたやってくるだろうから対処法は考えよう。

10月18日（日）

今日は、薄晴れ…。

今日は、ずいぶんひさしぶりにサイダー温泉に行って、そのあと庭先輩のところに行く。

昨日ガンガン部屋を暖めたおかげで風邪をひかずにすんだ。

オレンジのチョコがけのお土産を持って、札幌ナンバーの車でブーッと出発。高速もゆったり静かに走れる。けどゆっくりめ（80キロ〜90キロ）に走る。

サイダー温泉は日曜日なのでいつもより人が多かった。でもここは人がいなくても人が多くてもどちらも快適だ。案外いる方がいいかも。人が多いと賑《にぎ》わいが、なんか楽しい。温泉に浸《つ》かりながらみなさんの話を聞くともなく聞いて、いろいろなことを考えさせられる。人の生き方、さまざまな考え方、生き様。その立場、状況、有り様に心を寄せたり反面教師にしたり。

今日もおふたり、おもしろい方がいた。

明るくサッパリとした感じの年上の女性。見た瞬間におもしろさがわかる。風通しのいいきらめき感。お湯に浸かったとたん「ふう〜」と声を出してた。

「気持ちよくて声が出ちゃうわ」と。

それからサイダー温泉やサウナでもたびたび会って、その方と友人と3人でポツポツ語った。温泉とパンが好きというおふたり。温泉でのゆるゆるとした語り合いはおもしろい。アンパンが好きで、いつも最初にパンパンパンと叩《たた》いて食べるのだそう。中の空気を抜いてどこを食べてもあんこがあるように、だそう。「アンパン、パンパン」と叩く様子を再現してくれた。

ここのぬるい露天風呂《ろてんぶろ》が好き。サイダー泉と茶色い元湯の混合。そこで木にはえてる葉っぱをつぶさに見たり、目をつぶってじっとしているといつまでも入っていられる境地に陥る。隣に1時間ぐらいずっと入っている人がいた。眠ってるようでときどきこっくりこっくりとしている。リラックス感満点。

一瞬、ものすごく気持ちいい感覚がやってきた。オレンジ色の葉っぱを見た時。懐かしいような、遠い昔の、いつかに感じた未来の感覚…。

2時間ほどいて、出る。

帰りがけ、いつものようにサイダー温泉で炊いた緑色のおにぎりを2個買う。

それから庭先輩のところへ。

秋の庭を見せてもらう。いろいろ話しながら庭をじっくり一周。もう花はほとんどなくて、これからは来春の準備だ。木の下や花壇をいろいろとやり直している様子を見る。私も自分の庭作りで最近感じたこと、これからの計画などを話す。ふたりで庭や草花についてひっきりなしに語り、最後はなじみの花苗の店のカタログを見ながら、これを買った、これはどうだった…など、話す。大好きな矢車菊の種をもらったのでうれしい。

帰りに買い物して、ワインも買う。

孤独感について。そういえば最近お酒を飲んでなかった。このあいだまでは夕方にちょっとワインを飲みながら庭を散策するのが至福の時間だった。

先日の孤独感はテレビを見ながらごはん、というシチュエーションもいけなかった気がする。いつもなら、ちょっとワインを飲みながら料理して、テレビはそんなに見ないのだ。あれ（テレビ）がわびしさマックスの原因のひとつだったのかも…。なんか、シチュエーション、舞台設定って大事かもしれないなあ、と思う。もしかすると、肝心なことって、そういうことかもよ。ちいさなこと。舞台設定。

10月19日（月）

今日は雨で寒い。
また暖房を入れる。
音声ブログ「静けさのほとり」におとといから投稿できなくなった。たしか前にも一度同じことがあった気がする。今回は3日も続いていて、何度も運営事務局に問い合わせしているけどまだ直らない。とても気をもむ。毎日のように投稿していたので、購読者の方に申し訳なく思う。問い合わせ以外に連絡する方法はないのだろうか。うう。試しに以前投稿できたファイルをアップしてもできなかった。つぶやきは投稿できるので、短い説明だけを毎日つぶやく。

10月20日（火）

今朝も一番に note を投稿するがまだアップできない。いつまでこの状態が続くのだろう。4日目だ。しょうがないのでテキストで文章を投稿する。テキストや画像は投稿できるのです。音声だけができないということは何か単純なことが原因のような気がするのだが。音声だけが…。ファイル形式は間違っていない、容量も範囲内…、前日までは同じようにできていた…、いったいなぜ急に…？

昼間は仕事と庭仕事。

夕方、ついに note 事務局から返事が来た。PCの環境を確認してください、とのこと。うーん。確認したけど。最新だし。明日またその報告をしよう。

なんと！

夜になってもちょこちょこしつこく note の画面をいじっていたら、10時に、急に投稿できた。読者のみなさんもずいぶん心配してくれて、一時、私が気弱になった時、「疲れてないか心配です。気長に待ってます」などと励ましてくれてた。本当によかった〜。有料という責任感でずっと気をもんでいたから。これでひと安心。ホッとした。ぐっすり眠れそう。

10月21日（水）

朝。

去年、夜香木の花が咲いて、はじめてその香りをかいだ。甘くて外国の香水っぽい。それほど好きな匂いじゃなかった。冬の寒さに弱いそうで、冬の間は地上部が枯れ、今年の春遅く、新芽が出てきた。それが去年よりも大きく育ち、今、また花を咲かせた。夜だけ香るというその花の香りを、明け方の散歩で嗅《か》ぐことができた。こうやって年々大きくなっていけばいいなあ。


ひさしぶりにほとりの録音。無事に投稿できた。よかった〜。これがもう日課になっている。ここで話して、おだやかに気持ちを整えて。

今日は将棋の日。順位戦。チラチラ見ながら、たまに庭に出てあれこれチェックする。涼しく…寒く…秋らしくなってきたなあ。

空を見上げると、雲がすじ状になっている。階段みたいに。

トン、トン、トン。


気になっているのは、シンクに小アリがまだいること。たまに数匹。どこから入ってくるのだろう？　前に窓を開けていた時のがまだ残っているのか。近くの窓枠をふたつ、隅から隅までじっと見てみたけど、いなかった。すごく不思議。

まるばの木という木の葉が紅葉してきれい。丸い葉っぱなのです。

夜、あまりに眠くてウトウトしているすきに順位戦の勝負が終わっていた。もうマスクをつけ始めてる。

10月22日（木）

今日は朝から雨。シトシトと…。

湿度が落ち着く。

竜王戦を観戦しようとしたら解説がなかった。解説がないと分からないので、買い物に行って靴下を買う。先日3足組（980円）で足にピッタリくるいいのを見つけたのだ。それをもう一組補充。靴下は履いてみないとわからない。自分の足に合うかどうかだから。私はよくあれこれ試しに買ってみるけど、これはいい！というのはめったにない。そんな私が珍しくいいと思ったもの。本当はもっと買いたかったけど2組しかなかった。

ついでにシュークリームも1個買う。

封筒ある?とサクからライン。電話で話して、あったあった、いいのが、と。会社に出す手紙で、これから出しに行くという。

この秋、ふたりで携帯の機種を新しいのに変える予定。私のは相当古くて(いつの間にか!)バッテリーが30分ぐらいしか持たない(いつの間にか!)。で、なんでもいいからホント変えたい。サクのも古い。で、アイホン12を予約申し込みした。

10月23日(金)

東京へ。

朝早く起きて準備。いつもの流れでサクッと。

9時40分出発。

飛行機の中が退屈なので、なにかいい雑誌がないかなあ…と空港で本屋を探す。週刊誌で目を引くもの…、ない。女性誌、ない。スポーツ誌、ない。

あ! これは?「Ｃａｓａ」日本のＢＥＳＴ美術館１００。飛行機の中で見るのにちょうどよさそう。分厚くて写真もきれいだし、これで９９０円は安い。いそいそと買う。サクへのお土産に「揚立屋《あげたてや》」のさつま揚げも買う。

機内で昨日買ったシュークリームとホットコーヒーを味わいながら読む。楽しかった。新しい美術館の写真を見ながら、いろいろアイデアが湧いてきた。

羽田に到着。

空港の中を歩いていたらラーメンのいい匂い。ラーメン食べたいなあと思い、タクシーの中からサクに「お昼ご飯食べた？ ラーメン食べに行かない？ こないだのとこ」とラインしたら、頭が痛いそう。あら。こないだのとことは「らぁめん冠尾《かむろ》」。

家に帰ると、サクがベッドにゴロリと寝転んでる。テレビはゲーム画面。そして髪型が…。人生初のパーマをかけたのだそう。寝てるからよくわかんない。昨日の会社への封筒、まだ出してないという。買い物に行くと言ったら「ついでに出してきて」だって。今日までに出さないといけないとかなんとか。

「こういうのはね。すぐに出してよ」

もう…と思ったけど、出してあげた。

買い物して家に帰って、散らかった部屋やシンクのお皿をぼんやり見渡して、しばらく休憩。帰った日は動きたくない。

なんにもしたくない。

明日も休憩ということにしようかなあ。

10月24日（土）

カーカとお昼食べようかということになり、お寿司《すし》屋さんを探したけどどこもいっぱい。

とりあえず昼前に家に来てもらう。カーカに会うのは久しぶり。

カーカが来て、どうする?としばらくゴロリ。

サクは頭痛が治ったら一緒に行くと言ってて、頭痛はまあまあ。近場でいろいろ調べて、牛タン定食のお店とラーメン屋が候補にあがった。歩いて行ってみようと、3人で繰り出す。

最初にあったのは牛タン屋。お店は地下にあるみたいで、メニューの看板が出ていた。どうする?としばし3人で悩んでいたら、地下からエプロンをつけたヒゲの男性が現れる。お店の人かな。うーんと考えてる素振りをしながらそこから立ち去る。

なんかそこにいづらかったから。

次にラーメン屋に向かう。住宅街の中の静かな一角。半オープンのラフな店。

するとそこはたいそうな混みよう。満席だ。こんなに混んでるんだったらおいしいはず、と思い、そこにする。

気さくな女性の案内でテーブルに座り、メニューを読む。私は高菜チャーハン、サクは塩ラーメンと半チャーハン、カーカは豚骨ラーメンと餃子《ギョーザ》セットを頼んだ。

おいしそう。

しばらく待ってたら来た。そして食べる。最初はおいしいねと言いながら食べていたけど、すぐにその量の多さに病み上がりのサクはギブアップ。私ももういいと思ったけどまだ8割ほど残ってる。カーカは一生懸命に無理して食べてる。

残してもいいか…、タッパーを持ってくればよかった、これ持ち帰りにできますか？って言おうか、などなどさまざまな方法を小声で話しながら黙々と食べる。

最初はおいしいと感じたラーメンもチャーハンもよく考えたらそれほどでもなかった。時間をかけて、カーカは自分の分を食べきり、サクのはみんなが手伝って、私の高菜チャーハンはカーカに手伝ってもらい、やっと完食。

ふう。

苦しかった。

会計して、出て、何か口直しにサッパリしたデザートみたいなものを買って帰ろうというこになった。

あちこちうろうろ探して、結局、タピオカココナッツミルク、チーズケーキ、ミルクプリンなどを気を紛らすように、買う。

あんまりおいしくなかった。お腹いっぱい…。と思いながら部屋でくつろぐ。

それから、今度、12月ごろ温泉に行こうよと言ってた話を思い出し、料理のおいしい宿を探す。ＧｏＴｏで盛り上がってるせいか、土日はどこもいっぱい。日月でもいいよとカーカが言ったので、日月で探す。ちょっとだけある。でもどこがいいのかわからない。たくさんありすぎて。

料理がおいしい温泉旅館ならどこでもいいよ、と言って、カーカは帰る。帰りながら調べたようで、ラインで候補を送ってくれた。

どこでもいいし、行っても行かなくても、実はいい。

ところで今日カーカが来た時に、私のこれからの人生の今後しばらくの方針を話したら、カーカのおかげでとてもスッキリと気持ちの整理ができた。なのでそれを思い出して、「カーカに要点を整理してもらったのでスッキリしました。ありがとう！カーカは人の感情の整理が上手だね」とラインで伝える。

ホントそこは助かる。無駄がなくてストレート。

カーカのフィルターを通すと自分の感情を整理整頓《せいとん》できる。

話したことというのは、「私は来年、今後の人生をどうするかを考えるためにいったん宮崎に帰るが、どうするかはそこで考えてからのことで、今はわからない。また数年後にどこかへ行く可能性もある」というようなこと。

10月25日（日）

いい天気。昨日はトイレ掃除を徹底的にやった。

サクも昨日から、部屋の片づけをしている。漫画が床に並んでる。服も整理。ひとまず全部をリビングに広げて選ぶことにする。

私は仕事をしなければいけない。『ひとりが好きなあなたへ2』の続き。

ある程度やってあるけど、移動のために中断したのでまだエンジンがかからない。いつかかるか。

かかりました。ほとんどの詩を書き終えて、これから写真を選びます。ひとりが好きなあなたへ贈る写真。選ぶのが楽しみ。トンチをきかせたい。

8/8　上の右が塩、左がしょう油などで…

8/4　ローズゼラニウムを干してます

あじさいをかわかしてます

8/10　ハーブ炭酸水

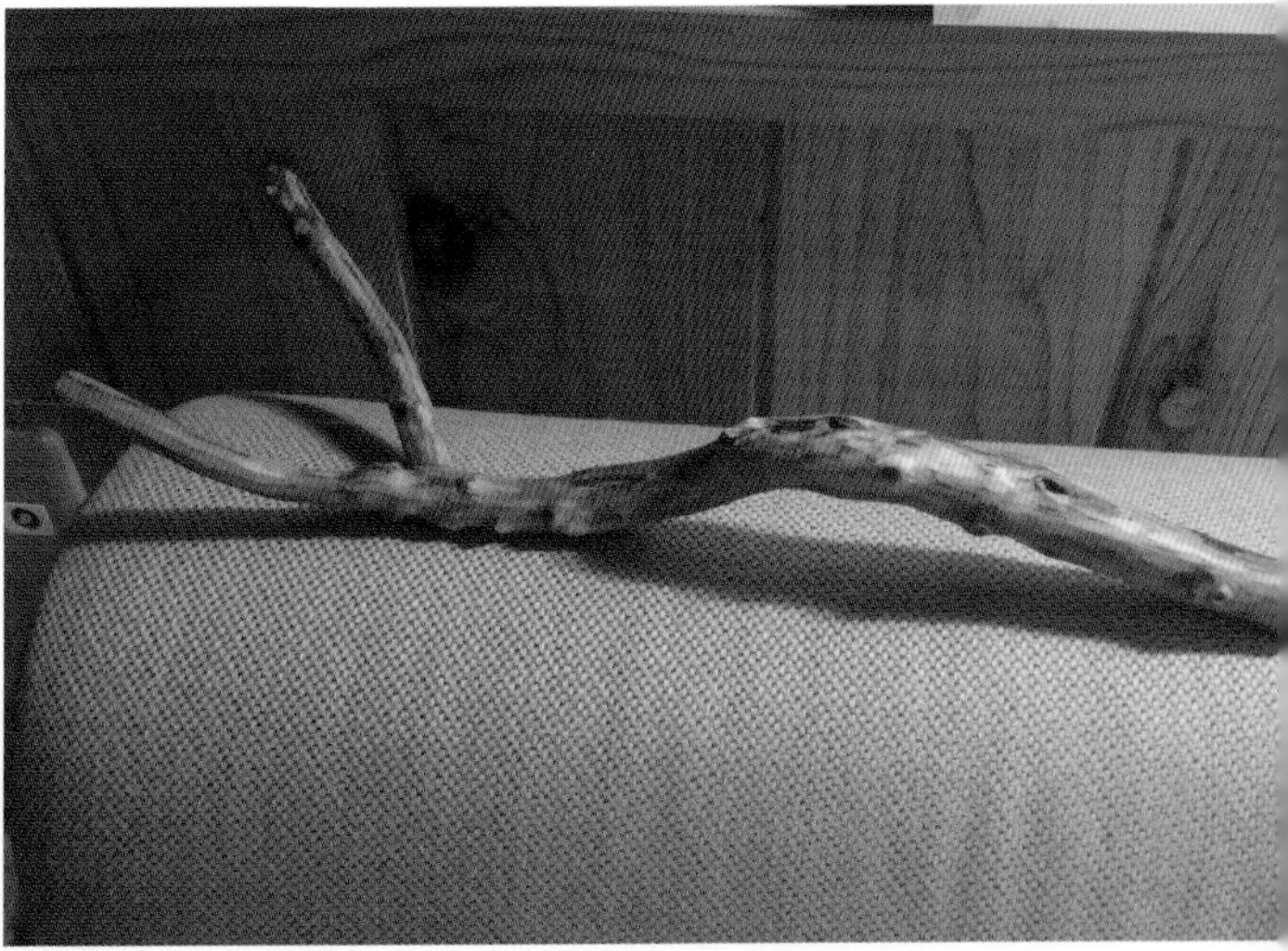

8/15　4時ごろ、目が覚めて 木の棒をコツコツ手入れする

8/27 あぶりダラ。3度目に成功。

8/25 新芽がでました

、青井阿蘇神社．橋が洪水で壊れてた．

9/5 西洋ニンジンボクを切る．台風準備．

9/6 台風対策、水を瓶につめる．

かわいくない赤ちゃん．屋久杉の．

9/6 アジサイのドライフラワー

ハートの木とチュッパチャプスの木

9/8 サクとドライブ。出水観音。

9/7 赤い首輪、発見。

9/17 ちくわで作るかば焼き

9/14 ヒメシャラの木、2本いただ

10/3 豆腐のおみそ汁とソテー

9/21 ゆで玉子、大失敗 ‥‥

10/21 夜香木の花、今年も咲いた

10/11 観葉植物トリオ

/24　3人でお昼、楽しかった〜

雲が階段みたいにトン、トン、トン

「一流料理人が作るかに玉」を作る

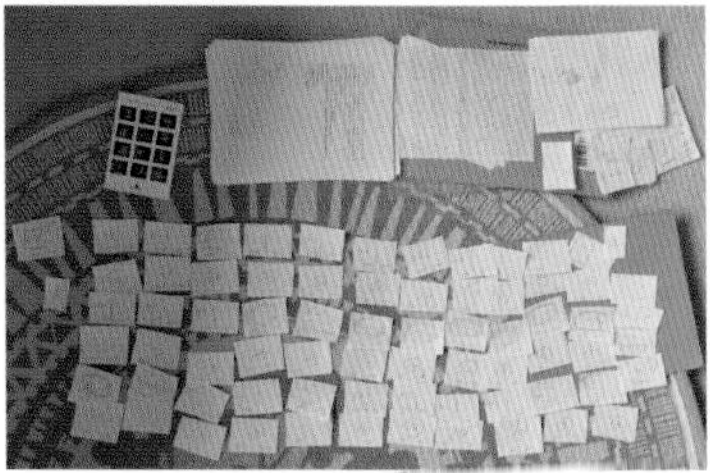

10/28　仕事中

青大根とプチトマトのサラダ

11/12　大きなフヨウの木、きれいだ

11/17　夕飯のメニュー

11/13　ツリガネニンジンの花

11/21 愛用のクッション

11/18 晩ごはん

11/29 お昼のチーズトースト

11/22 ニンニクの芽が順調に伸びて

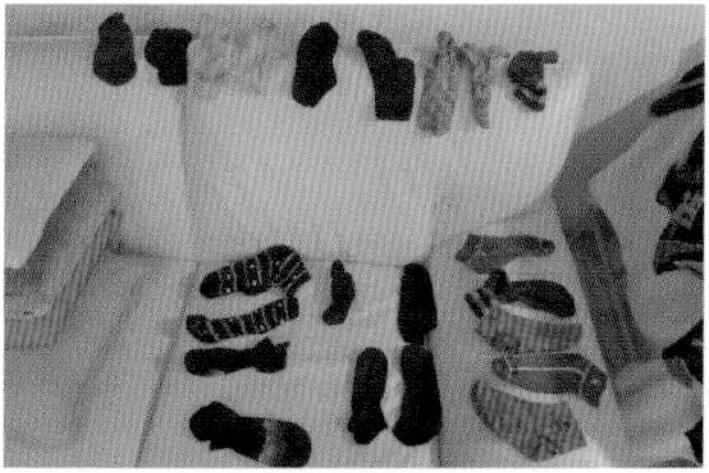

12/18 靴下を干す。かわいい.

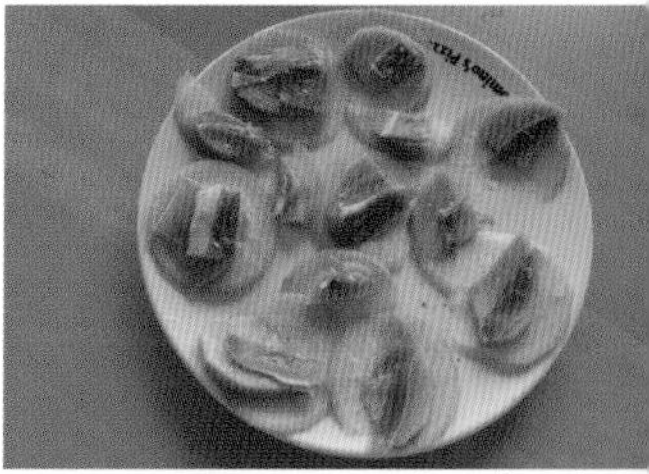

12/11 柿入りオードブル、色がきれい

サクが小学生にもらったシーバス

12/20 苺のショートケーキを作る

2/26 メルカリで買ったものいろいろ

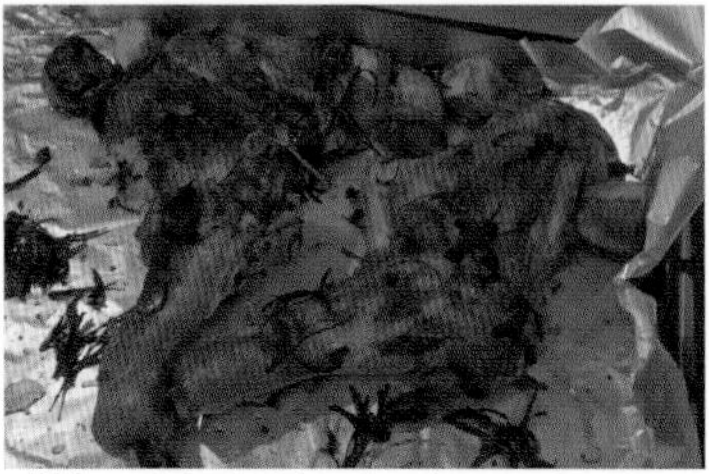

12/24 チキンを焼いた。ちょっと焼きすぎか

12/29 トマトすき焼き

12/28 左上のがドロドロしたもの

1/1 お正月

12/31 かき揚げ丼・大みそか

8 ちょうちょを手にのせてる宇宙人！

1/7 小さな神社で初参り

1/5 ひょんなことから、サクと海老蔵歌舞伎へ…

1/20 自然教育園へ、静か。

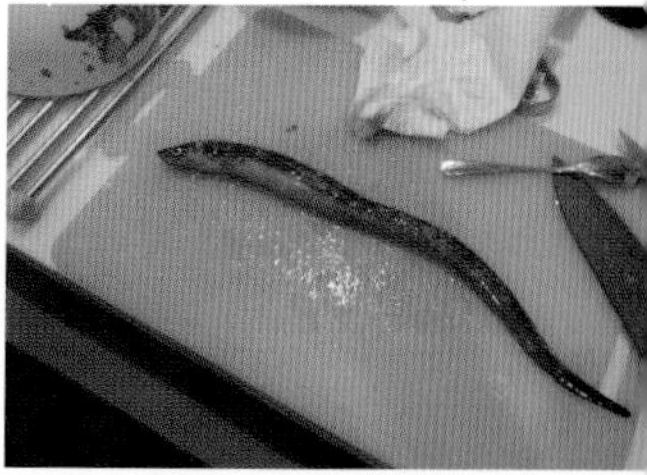

1/14 東京湾の穴子

1/21 ミラノ風カツレツ、おいしかった

サギを見つめるサク

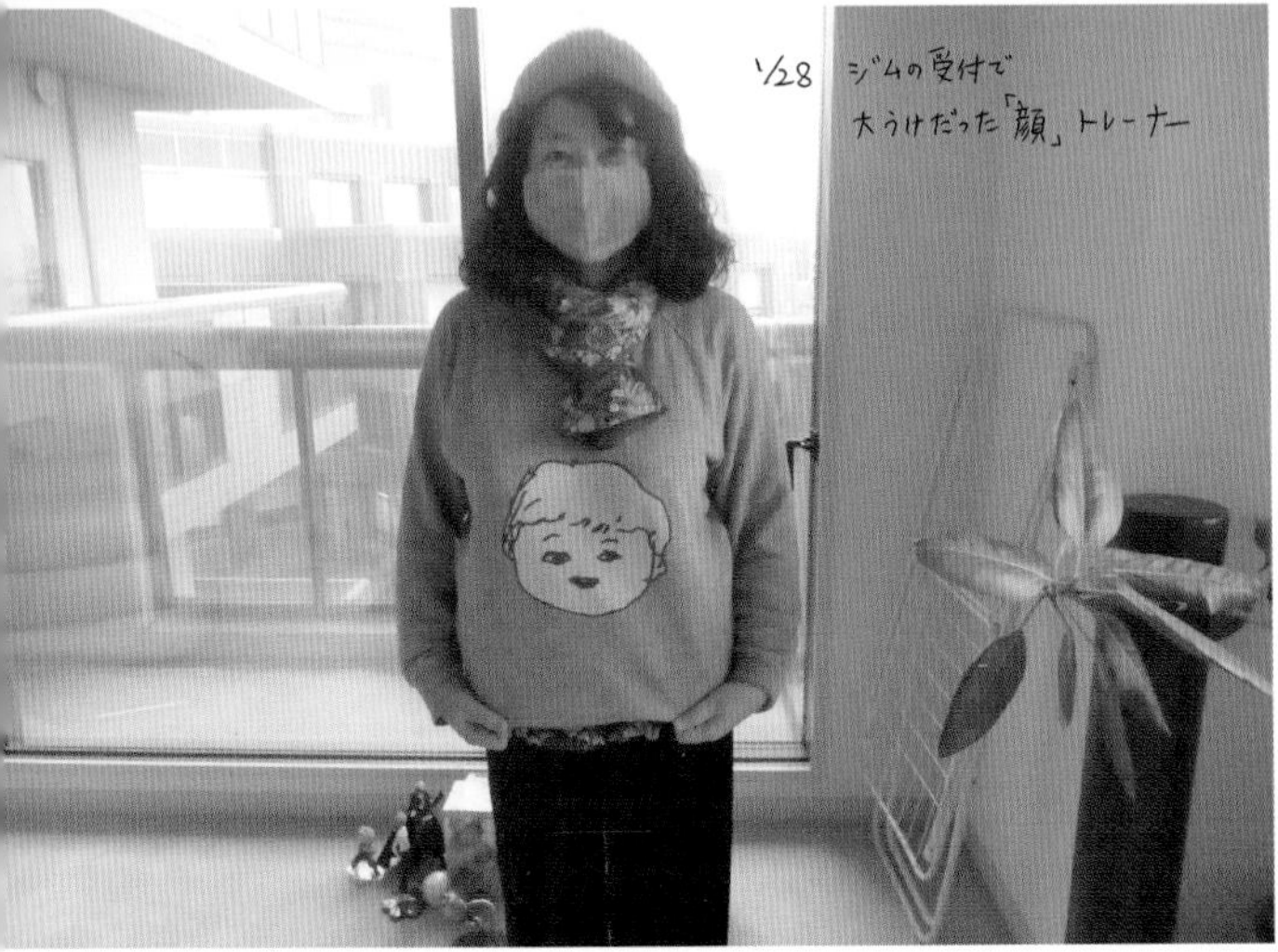

1/28 ジムの受付で
大うけだった「顔」トレーナー

YouTube のサムネイル いろいろ

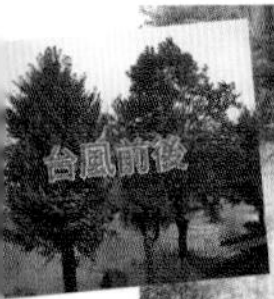

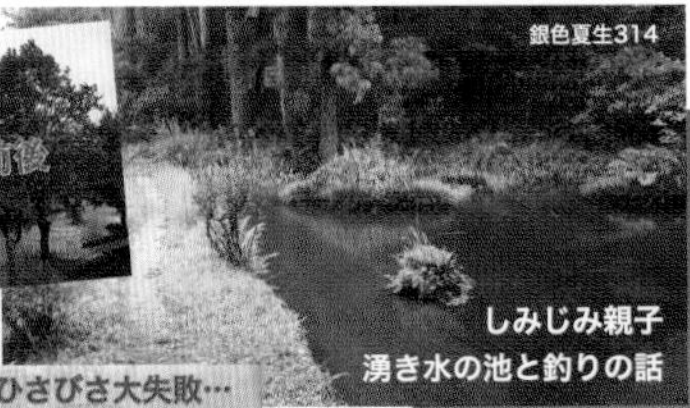

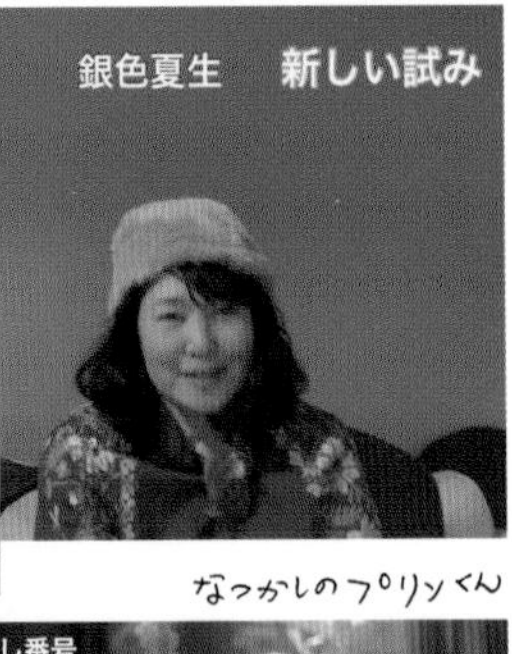

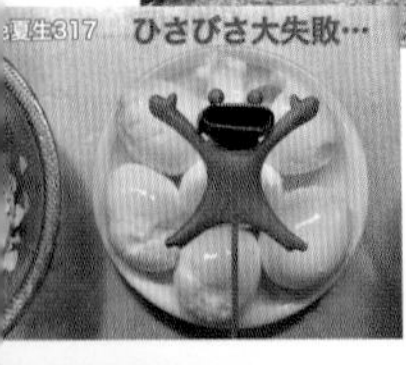

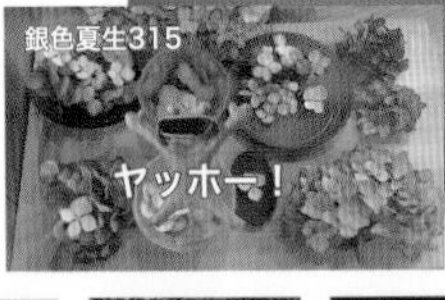

なつかしのプリンくん

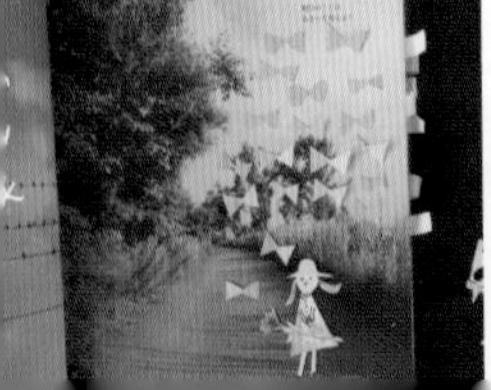

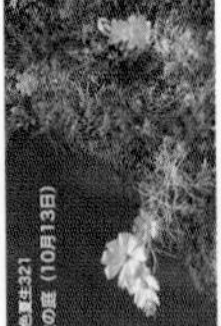

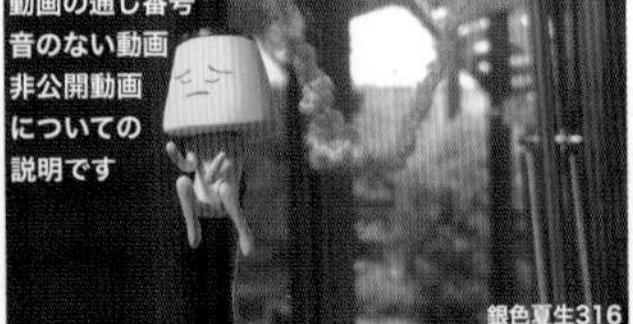

ネットフリックスで「レベッカ」のリメイクを見つけたので観る。

ヒッチコックの白黒映画「レベッカ」、大好きだった。その原作者のデュ・モーリアが書いた小説『レイチェル』が大好きでもう何度も繰り返し読んでいる。

この新しい「レベッカ」は恐ろしさは薄れたけど私は豪邸が出てくる映画が好きなので堪能《たんのう》した。

映画を観たい気分になり、観たい映画をたくさんマイリストに追加した。

10月26日（月）

今日は王将戦の日。相手は永瀬《ながせ》王座で、負けてしまった。3連敗。強い人ばかりなのでね。負けながら力をつけていってほしいと思うところ。

仕事もやりつつ、ずっと家にいる。お昼はオムライスを作る。

一度買い物に出ておやつにたこ焼きを買ってきた。パクパク食べる。

10月27日（火）

今日もこれから仕事。そして午後は歯医者さん。

写真選び。『私を支えるもの』の写真は葉っぱや花や木、空、輝く光など明るい写真を多く使ったけど、『ひとりが好きなあなたへ2』は暗く、情緒的であいまいなものを主に選ぶ。

午後。歯医者へ。欠けていた詰め物を新しく作り直すため。

受付にあの新キャラの先生がいた。若い男の患者さんと気軽に話してる。今日も元気そう。

水が沁《し》みる歯があって、そこに風を当てて見てもらってた時、痛くなかったので、「さっき麻酔をやったからかも（看護師さんが麻酔を打つ前に歯茎に注射が痛くないような表面麻酔の綿をつけてくれたこと）」と言ったら、「まだ麻酔は打ってないよ。あれは違うよ。そんな馬鹿じゃないよ〜」と言ったのがおもしろかった。明るい性格だね。

今日は型を取って、来週入れる。唇が麻酔でしびれてる。

帰りにスーパーに買い物へ。入口で、係りの人が飛んできて、「お客様。申し訳ございません。店内にお入りになる際はマスクを…」と。

あ！　しまった！　忘れてた。

あわてていったん外に出てマスクをつける。歯医者で取ったままだった。餃子屋でのホリエモンと違って、小さなことに関しては長いものに巻かれるわ…。

いろいろ買って帰る。「しぜんのおいしさ」ふりかけセットとティラミスアーモンドチョコはなんとなく買ってしまった。

広場にクリスマスツリーがもう飾られていた。早すぎないか。

ワイドショーでヘンリー王子とメーガン妃の話題。ツーショット会見の画像を見るといつも人質ビデオを思い出すとアメリカ人のジャーナリストが話していて笑った。たしかに。ヘンリー王子が人質。静かにしている。メーガン妃が犯人。まくしたてている。

メーガン妃の横顔を見て、誰かをチラッと思い出しそうになった。だれかに似ている。誰か…。あ、思い出した。アニータ。

から揚げを作る。相撲部屋のお相撲さんが作るおいしい唐揚げのテレビ番組を見たから。レシピが細かく紹介されてなかったので適当に作ったら、味はまあまあ。から揚げはいつもちょっと苦手。

10月28日（水）

今日も仕事。写真選びなど。遅々として進まない。うう。詩集を作っている期間は心も内向きになっているので悶々《もんもん》として苦しい。どうにか少し進んだ。
途中、買い物に出て、明日の買い出し。将棋の日なのでね。豚バラ、もやし、グリーンカレーの材料などを買う。

10月29日（木）

王将戦の日。
朝食にレンコンともやしと豚バラ炒《いた》めを作る。
将棋を見ながら細かな作業をあれこれ。

最近、自然農関係の本をいろいろ買った。『わら一本の革命』福岡正信《ふくおかまさのぶ》、『1㎡からはじめる自然菜園』竹内孝功《たけうちあつのり》。じっくり読もう。

サクがニュースを見て、「なんでひき逃げってするのかな?」と聞いてきた。「パニクって頭が真っ白になるからだよ。子どもがよくなるよね。精神的に未熟な人とか」

ご飯を作りながら、「ママがもし人生のパートナーに出会えるとしたらこれからかも。お笑いコンビの相方みたいな人がいいな」と話す。

グリーンカレー、辛すぎた。袋をよく見たら、辛さのレベル、唐辛子マークが最大の5個だった。

10月30日(金)

ひさしぶりにプールへ。

水温が低く感じた。外のジャグジーもぬるめ。あんまり温まらなかったなあと思いながらふたたび水中ウォーキング。人が少ない。数人。

前から歩いてくる人がいる。あ、まるちゃんだ。おじさんのまるちゃん。挨拶《あいさつ》してしばらく世間話をする。

しばらくいて、お風呂《ふろ》へ。知った顔が何人かいたのでゆっくり入りながらポツポツ話す。まあ、ここでも世間話。

帰りに買い物して帰る。サクはいなかった。

夕方、カーカからラインがきて駅のトイレにバッグを忘れて、乗換駅で気づいてあわてて取りに戻ったら（20分後ぐらい）、バッグはあったけどお金だけなかったという。その日、焼肉に行くことになっていて、珍しくおごってあげようと思ってお金をおろしたばかりだったそう。カーカにとっては大金。

あるよね、そういうこと。

いつもと違う荷物を持っていたこと、その前のスーパーでトイレに入ろうか迷ったこと、女子トイレの場所に気づかずに多目的トイレに入ったことなど、たくさんのことが重なってつながってそうなった気がする、と。

いろいろと対話する。昔、財布を盗《と》られたことなども。最後には少し落ち着いてきたみたいだった。他の（免許証とか保険証とか）が取られてなくてよかったと。

落としたり無くしたり盗られたりって人生でたまにあるけど、本当に胸がキューッと苦しくなるね。ホント、気をつけたい。私も気が引き締まる。

「たまに、神様からの注意喚起」という私の言葉で話を終える。

そうそう。

来月、カーカとふたりで高いお寿司《すし》屋さんに行くことになっているので、「お寿司やめてお金あげようか?」と提案したら、「ううん」って。

寿司がいいのか。

10月31日(土)

プールで歩く。

2時間ぐらいずっと歩きながら、静かに考え事をする。考えるのにちょうどいい。邪魔が入らないから。いつものように頭の中の整理整頓《せいとん》。この感覚は庭での草むしりに似ている。ぼーっとしたまま単純な動作を繰り返しているうちに考えがどんどん深まる。

11月

11月1日（日）

仕事の続き。床にレイアウト用紙を広げて順番を決める作業。場所が足りなくてソファやクッションの上にもかたつむりのように広げたら、あまりにも複雑になってしまい、途中でパニック。そのやり方はいったんやめる。

そして改めてやり方を整理する。まずは写真と詩の組み合わせからだ。

ようやく終わったので、とりあえず宅配便で送る。


午後、プール。

今日も長いこと考え事をしながら歩く。

外のジャグジーで、ひとり青空を見上げながら浮かぶ。ビルの間の台形の空を白いセスナ機みたいな小さな飛行機が横切って行った。ちょっとびっくりした。

今、迷ってることがあって、あることに誘われたんだけどそこに行こうかどうしようか。人が集まるところは苦手なのでやめようと思ったけど、なかなか会えない知人に会えるのはいいかもなあと思ったり、ますます迷ってしまったので、「そうだ！　葉っぱに聞こう」と考えついた。

近くの葉っぱを1枚拾って、表だったら行く、裏だったら行かない、と決めて、水中で手を離す。浮かび上がってきた面で決めよう。

そしたら、ジャグジーの水流が強くて、グルグル回って排水口の網に張りついてしまった。失敗、失敗。

やはり水中はやめよう。今度は水中で手の中でクルクルさせてから、ふちの石タイルの上に手のひらを広げてバンと置く。そして、「表が出ませんように…」と思いながらそっと手を離すと、裏だったのでほっとした。

つまり、見る前に、すでに心の中では答えが出てたわ。

今日は8時から井上尚弥《いのうえなおや》のラスベガスでの試合が放送される。WOWOWで10時半から生放送があったはずなので本当はもう結果は出ているが、地上波では夜の8時。

なのでヤフーニュースやテレビのニュースをうっかり見ないようにとても気を遣った。そして晩ごはんを食べて、飲み物を用意して待つ。始まった。無観客試合だ。勝った。パチパチ。でも、見ながらやっぱり戦いはあんまり好きじゃないなあと思ってた。

11月2日（月）

今日はゆっくりできる。

将棋の王将戦があるのでそれを見ながらのんびりしよう。

家でのんびりしながらカリカリチキンソテーを作る。時間をかけてじっくりと焼いたので、あとで見たらフライパンのまわりに油がものすごく飛び散ってた。

将棋は途中劣勢になったけど最後には藤井二冠が勝った。


自然農関連の動画をときどき見ている。

今日、とてもいいなと思う言葉があった。それは「島の自然農園」という動画チャンネルで、愛媛県で自然農をやってらっしゃる山岡《やまおか》さんという方の言葉。

「…うまくできない、やってもやってもちっちゃい芋が4つしかできなかった。そういう経験があったとしても、そこに質の高い生命《いのち》が凝縮していると捉《とら》えればいい。私たちの身体と心が質の高い生命を取り入れれば、ほんの少しの量で、健康で楽しくいきいきと生きていける。私たちが健康に生きていくのにはそれほどたくさんの生命の量を必要としない、ということをしっかりと知ることです。それがわかれば、とても深い安心感を得ることができます」

あと、

「自然界の営みというのは増えていく営みなんです。豊かさとは、ものの多さなどではなく、豊かだという感覚がこんこんと内側から湧き上がってくるということです。自然に任せておけば必ず増えていく。豊かになっていく。それに心が共鳴して、わぁ～豊かだなあと感じる。それが本物の豊かさなんだろうなと思います。今日のような秋の（落花生の）収穫、本当に豊かさを感じる素晴らしい一日でした」

ちょうど私の気持ちの流れと合っていて、とても力づけられた。

量だけを求めない、追い求めるべきは生命の質。少量でも満たされ、深い安心感を得られる。本当の豊かさとは内側から湧き上がってくる感覚。

それを、これから実感したい、実感することになるだろう。

内側から湧き上がってくる感覚。

そこにこそ孤独感からの脱却の道があるような気がした。

あの深い孤独感を解消するものが存在する、とハッとした。そしてそれを強く想像できたことで、すでにあの孤独感はなくなった。あるとわかることはそれを得たことと（ある意味）同じだ。あるということがわかったということはすでにもうそれを知ったと同じことだ。

そこに希望がある。

希望はここにあった。

内側からこんこんと湧き上がってくる豊かさの感覚。この言葉が鍵《かぎ》になりスイッチが押された。これを聞いた時に私の中に起こった変化、反応。

それがこれからの私が求めるもの。

それは、誰にも、何にも、依存していない。私の中の奥にある。

そこは豊かさとつながっている。

その温泉の源泉のようなものを私はきっと掘り当てる。

11月3日（火）

文化の日。

家でいろいろ。

夜からアメリカ大統領選挙の速報があるのでちょっと楽しみ。

晩ごはん、何にしようかなと思いながら買い物へ。今日はひとり分なので楽ちん。ピンときたものにしよう。

サンマが380円。それが夕方の割引きで280円になっている。これにしよう。初サンマだ。大根も買った。あと、あさりの味噌汁《みそしる》。

11月4日（水）

選挙の結果がわかるのは明日かも、と言っていたのでプールへ。

考えに沈みながら水中ウォーキングをしてたら、どこからか「こんにちは！　こんにちは！」と声が聞こえる。ハッとして見渡すと、まるちゃんおじさん。

「ああ」と、現実に戻る。

「どっちが勝つでしょうね～」とまるちゃんおじさんも選挙の結果が気になる様子。

「そうですね～」

「今、そこで見てたけど接戦ですよ。おもしろいですね～」などと言う。

聞いてたら急に見たくなった。なんでこんなところでのんびり歩いてるんだろう。

で、そそくさと出て、家に帰る。

テレビをつけたらやってるやってる。どの局も。

フレンチトーストとチャイを作ってのんびり観戦。

家の中は変わらず大片付け中。ルンバ…、これは使わないなあ…。コタツ…。どうしよう。

夜はサクのリクエストで明太子《めんたいこ》スパゲティ。ひさしぶりに作ったらとてもおいしく感じた。サクも「おいしかった」とつぶやいてた。

11月5日（木）

トランプさんが勝ったかと思いながら寝て、朝起きたらバイデンさんが優勢になっていた。どうなるんだろう。決着までは時間がかかりそう。

プールで水中ウォーキングしていたら、向こうからおじいさんとおじさんが楽しそうに話しながら歩いてきた。すれ違おうとした頃、「こんにちは！　こんにちは！」と。見るとそのおじさんはまるちゃんだった。

「なんかバイデンさんが勝ちそうですね」と、昨日の続きを話す。まるちゃんはトランプさんが嫌いみたいで、「トランプさんが勝ったらとんでもないよ。めちゃめちゃだからね～」と丸い顔をより丸くして言っていた。

午後、歯医者に先日型を取ったところに新しいのを詰めてもらいに行く。無事入った。隣の水が沁《し》みるところ、沁みるままだったらそこも詰め物を新しく作り直そう。劣化してきてるみたいだった。

予約していたアイホン12が届いた。サクも同時に予約したのに連絡メールに気づかずにキャンセル扱いになっていた。かわいそう。で、再度予約していた。サクの携帯は表面が蜘蛛《くも》の巣状にひび割れている。私のは小さい割れが2ヶ所あった。しかも私のは古くて、いつのまにかバッテリーが30分ぐらいしか続かなくなっていたのをだましだまし使ってたから、やっと新しくなってうれしい。

お店に行かず自分で変更するというのにしたので、サクにやってもらう。そしたらシムカードを取り出すときに、「あ、電源切ってやればよかった」と、めちゃくちゃ気ままにやってるのでちょっと嫌だった。丁寧にやってほしい。

データの移動は驚くほど簡単にできてた。アプリの認証作業はいくつか必要だったが。夜のカメラ撮影がきれいと聞いたのでさっそく窓から夜景を撮る。確かにきれいに思えた。

11月6日（金）

バイデンさんが優勢だけどトランプさんは裁判するとかでもつれそう。でも結局はバイデンさんが勝ちそう。ようやくトランプさんに慣れてきてたのになあ。

朝、「一流料理人が作るかに玉」という動画を見てまねて作る。ショウガと白髪ねぎと玉子とカニをさっと炒《いた》めて丸く取り出し、白身入りのあんを作ってかけるというもの。シンプルでふわふわでおいしかった。やっぱり自分で作ってたのとは違う。実際に作ってるところ、手元をみることでいろんなことが伝わって、一流料理人の手際のよさと玉子のふわとろ感が少しだけ乗りうつったようだった。

おもしろかったのは水溶き片栗粉。小さなボウルにたっぷり作っていて、それを「僕らはこうやって使います」と言って、その中に指を入れて、たらっとつかんで入れてた。そうすると水と片栗粉がちょうど1対1の割合になっているのだそう。へえ〜、と思った。タレの量が少なかったせいか白身がちょっともこもこしすぎたけど、味はおいしくできた。

今日は午前中だらだらしていてプールに行きそびれる。午後から行こうかな。

行きました。

今日は暗いことを思い出してとても気が沈んでいたので、1時間半ほど歩いて考えて乗り越えた。私は苦しい時は考えに考えることで乗り切る。

家に帰って選挙報道を見ながら料理をする。サラダ用にポテトを茹《ゆ》でる。明太ポテトにしよう。

社交辞令とは、聞きたくない話を聞かなくてはならないってこと、話したくない話を話さなくてはいけないってこと。

世間話はつらいなあ。いちばん話好きな人の話を、黙って聞いてあげなくてはいけない。

11月7日（土）

10年前に一度だけ仕事した会社から年に1回季節の挨拶《あいさつ》メールが送られてくる。アットホームな写真付きで。もう名前も覚えてないほどで、それを見るたびにうっすら気が沈んだ。知らない人から毎年送りつけられてくるアットホームな写真。仕事をした関係者に一括送信しているのだろう。配信停止の機能がなく、さりげなくお断りするということができずに10年も我慢していた。けど、このままだとこれからも一生来ると思うとさすがにそれは嫌だと思い、思い切って断りのメールを出した。「諸事情により閉店しました」と。そしたら「承知しました」と返事が来たのでホッとした。なんだか小さな肩の荷がおりた感じ。


今日は家族で映画「テネット」&焼肉。

数日前からサクがベージュ色のズボンがないないと言う。どこを探してもない。今、リビングに持ってる服を広げて整理整頓《せいとん》している最中なのでどこかにあるはずだと思って何度も探したけどない。玄関のクロゼットや私の部屋を探してもない。いったいどこに…。

ということでそのズボンを探していて時間に遅れそう。カーカと東京ミッドタウン日比谷《ひびや》で2時に待ち合わせだ。電車にギリギリ間に合うかと思ったら、急ぎ足の私の目の前で扉が閉まった。

残念。走ったのでとても暑い。

次の電車に乗って、数分遅れて着いた。カーカも5分遅れたそう。日比谷はけっこうにぎわっていた。しかも年配者が少ない。街は今、コロナで若返っている。

しばらくお店をぶらぶら見てから映画館へ。

クリストファー・ノーラン監督の「テネット」。難しくて長いと言われていたので覚悟していたので我慢できた。しかも最後、少し感動した。

タクシーの中で3人であれこれ話しながら焼肉へ。サクが一度行ってみたいという叙々苑《じょじょえん》へ。どうせ行くならと思い、西麻布《にしあざぶ》の游玄亭《ゆうげんてい》を予約しといた。最近はめったに外食しないのでひさしぶり。

そして、面倒なのでコースにした。そしたら前菜と海老《えび》と牛タン2枚あたりでお腹いっぱいになってしまった。そのあとに来たカルビとヒレはもう食べたくないほど。ああ、苦しい。

そのあとも冷麺《れいめん》やフルーツ、ムース、シャーベットがきたけどフルーツ以外は食べられなかった。やはりコースはもうやめよう。来月、カーカの誕生日あたりにお寿司《すし》屋さんに行く予定だけど、それも大丈夫かなあ…。また苦しくなりそう。

焼肉中も映画の話で盛り上がる。

11月8日（日）

貼りつけたばかりのスマホの保護シートの端っこが浮きあがってて、何十回拭《ふ》いても空気が入るとカーカに見せたら、「ずれてる」って。よく見たら上にずれててカバーに当たってた。貼り直したらよくなった。

さっき気づいたけど、note でやってる有料音声ブログを始めて1年がたった。去年の11月4日に始めてた。そんなに…と不思議な気持ちになる。あっという間のように感じる。何を話してきたのだろう。ほぼ毎日、話している。なのにこの気持ちの軽さ。

声というのは重さがないのだ。では何があるのか。その時その時の瞬間瞬間に何かがあるのだろう。私が声で伝えたいことは、言いよどみやためらいの様子だ。そこにあるもの。それは文字では表せない。

サクのズボン。

気になって、もしかすると先月行った北海道旅行でホテルに忘れたんじゃない？電話しようか？と提案したら、帰ってからもはいた、って。ふたたび、床の服の山やクロゼット、私の部屋まで探す。

ない。

サクの部屋のクロゼットを開けて吊《つ》るされた服をまた見たら、いちばん端っこ、パーカーの奥にペタリとベージュ色のズボンが下がってる。

あら？

これじゃないよね？と写真に撮って外出中のサクにラインで送る。

「それだわ」だって。

探し方〜。

東京タワー。皇嗣殿下・立皇嗣奉祝ということで様々な色の光の線が数秒ごとに動いていくきれいなライトアップだった。

夜はハヤシライス。

11月9日（月）

朝起きて、日本茶を飲みながらテレビをつらつら見る。大阪のカジノ構想の話だった。

今日は外に出て、銀行にも行って、こまごましたことをしなければ。駅ビルで来年の手帳も買おう。

午後。

トコトコと駅へ。

駅ビルの文房具店で来年の手帳を買う。

いつものマンスリーのシリーズ。それから外に出てローソンへ。メルカリの包装資材をクーポンでもらう。新しく郵便ポストで送れるメルカリのポスト専用箱。60サイズ段ボールもクーポンがあったけどそれは扱ってませんとのこと。そうか。ひとつだけもらって、次に郵便局と銀行へ。郵便局では記帳。なにもなし。銀行では今後使わない通帳の解約。私はきちんと解約したり終わらせるのが好き。みずほ銀行。お客さんは誰もいなくてシーンとしていた。

帰りに駅でいろいろなお惣菜《そうざい》を見る。牡蠣《かき》のクリーム焼きが黄色くトロッとして焦げ目もついていておいしそうだった。小さなパック入りで。ちょっと気になったけどお腹が空《す》いていなかったので結局何も買わなかった。

ひさしぶりに詩集の紹介の YouTube 動画を撮ってアップしようとしたら、今までできてたスマホのアイムービーから「YouTube に共有できません。設定をしてください」との表示。

むむ。端末を変えたから何かが変わったのか。

何時間もグーグルで調べたり、再トライしようとしたけどできなかった。

うーん。お手上げ。ここが YouTube からの引き時か…。

もういいか…。できないんだもん。神様からのストップ、と思おうか。

夜。またしつこく YouTube にアップするを繰り返す。私はこういう時、しつこくしつこくやるタイプ。そして、ふと途中に出てくるアカウントをいっぺん「オフにする」にしてみた。そして再びインしてみたら、なんとアカウントがそこで新しく設定できたようで、無事にアップできた。

バンザーイ!

約10時間かかった。

今後、動画では本の紹介を主にやっていこうかなと思う。私自身が画面に出るのではなく、静かに写真を紹介したり詩を読んだり。そしてたまに、庭の紹介。いろいろやってみたけどそういうのが負担なく長く続けられるのではと思うが、試行錯誤中。

あの「島の自然農園」の方がゴボウの種をまいたあとに、またまたいいことを言っていた。

「どうすれば人は大地と繋《つな》がることができるか。結局はひとりなんだということを受け入れなければいけない。私は宇宙にたったひとりきりなんだというところに立たない限りは新しい回路は開かない。宇宙にたったひとりきりなんだというところに立てば新しいエネルギー源、大地と繋がることができる。結局、孤独から逃げ切るには、孤独になり切るしかないということです」

最近、私は孤独ということをいっそう考え始めたので、孤独に関する言葉に敏感になっている。なので胸に沁《し》みた。私も同じことを思っているけど、人の言葉で言って欲しいのです。自分以外の人の口から聞きたいのです。

11月10日(火)

このあいだの焼肉のコースは確かに苦しかったけど、おいしいものを食べるのは大好き。おいしいものを食べるってどういうこと？

と、ふと考えてみた。

それは、本当にお腹が空いている時に、本当に食べたいと思うものを、食べたい量だけ食べること、かな。そのどれかが欠けてもかなえられない。お腹が空いてなかったら、食べたくないものだったら、食べられないほど大量に食べなければいけなかったら、苦しいだけだ。


コロナ感染者が増えているそう。

たまに見る「かんわいんちょー」の動画でも対策を話していたので見てみた。感染者が増えてきたら少し気をつける、ゆるんだらすこしゆるめるというふうにして柔軟に対応しましょうと言っていた。

かんわいんちょーは緩和ケアの専門医で、この春、コロナで知ってから時々興味のあるテーマの動画を見ている。今までにたくさんの方の臨終に立ち会ったというかん

わいんちぇーが患者さんをみてきて、「死ぬ時に後悔することTOP5」という動画で言っていたのは、

5位　仕事ばかりしていたこと
4位　やりたいことをやらなかったこと
3位　感情に振り回されていた（今思うとなんて小さなことで怒ったりしていたか）
2位　緩和ケアをしてくれる医師に疎かったこと
1位　ありがとうと伝えなかったこと

これを聞いて私は、全部大丈夫、と思った。やってる。

仕事ばかりしてないし、やりたいことをやりすぎて後悔するほどだし、（冷たいと思われてるかもしれないほど）感情に振り回されてないし、緩和ケアはそういう状況になったらすぐにするつもりだし、感謝はそのつど伝えてる。

私は後悔することがないように、1日1日チェックしながら過ごしている。無意識に。

なので人に「厳しい」と思われるのだけど…。たぶんね。なんかみんな遠巻きに私から引いてるような気がする。いいけど。

プールに行って、歩く。

サウナで知ってる人がいたのでポツポツ話す。今後、世界はどうなっていくのかなあ、という話。

ロッカールームで着替えしてたガンジーさんに「留守中に男子大学生の食費、1日いくらぐらいあげたらいいと思う？」と聞いたら、「2千円…。少ない？ 3千円？もっと少ないお金でも、500円でも自分で調理したらできるし…」と。

「うん…」

今まで1日1500円あげてたけど、2千円にしてあげよう。お金のことは本当に私はよくわからない。わからないということを認め始めた。

なんと！

バルミューダのスピーカーがバルミューダから送られてきた。私がいろいろいいふうに書いたから？ いや、それはまだ本になってない。note で話したから？ まさか。でもうれしい。サクが帰ってきたらセッティングしてもらおっと。

サクが帰ってきたので起動してもらった。深みがあってまろやかなとてもいい音だった。いいなあ。これから私もいい音楽をこれで聴こう！と思った。宮崎に帰ったらクラシック音楽みたいなのを聞きたい。今好きなのはひとつしかない。

カノン。

今日、サクはいらない服やウエストポーチを渋谷《しぶや》に売りに行った。大きな袋にふたつ。新品も含め全部で20着ほど。で、どうだった?と聞いた。

「5千円ぐらいにはなった?」

なんと結果は、980円。

そんなものなんだね。ビニールに入ったままの新品の毛糸のベストは「5円」と言われたから持って帰ってきてた。だれか友だちにあげるって。

そうか…。メルカリで一個一個売った方が高く売れたね。でもメルカリも面倒だしね。写真撮ったり説明書いたり梱包《こんぽう》したり出しに行ったり。だが私はこの冬、メルカリで一気にいろいろ売るつもり。気合いを入れて頑張るつもり。

11月11日(水)

今年最後の宮崎へ。飛行機はけっこう混んでた。

レンタカーを借りる。いろいろ探して、いつも一番安いところにしている。すごく安く借りられるととてもうれしい。安く借りるゲームをしている気分。

今回は15日間で2万9千円。先月のところは高級車だったけど今回のところのはかなり旧型だ。キーが遠隔でなく普通のカギだった。これは久しぶり。もともと遠隔キーだったのを普通のカギに改造した様子。

今回こっちでやることは庭の冬支度。バークたい肥40ℓを20袋注文しといた。集めた落ち葉や枯草と一緒に木の根元に敷き詰める予定。


家に帰ってまず、庭を一周。落ち葉がたくさん落ちていた。木を見上げるとまだ落ち切っていない。食料を買いだめしたので明日から家にこもって庭作業をしよう。一生懸命、一心不乱に作業したい。シダもできるだけ抜きたい。

11月12日（木）

いい天気。

青空が輝く。

まず、常緑樹の安いのがないかホームセンターに見に行く。目隠し用に塀の外に植えたい。安いのでいいのだ。

オリーブと金木犀《きんもくせい》があった。うーん。どうしよう。今、庭に2本のオリーブがあって、日当たりが悪いのか育ちが悪く、それを移植しようか…とも思う。

そうしよう。

ゴボウの種だけ買う。

もう一軒、お店によったら、そこの駐車場から大きな芙蓉《ふよう》の木がみえた。もくもくと2本。そういえば去年もこれを見たな。すごくきれいだ。写真を撮りたいのでカメラを取りに帰る。近くに寄れる道をウロウロと探したけど見つからず、あきらめてさっきの駐車場から写真を撮った。

川沿いを通って帰ったら堤防に青紫色のベル状の草花が数本咲いていた。そこだけスーッとのびててわかった。なんだろう。かわいい。初めて見たなあ。

家に帰って、いろいろ移植。オリーブ2本。フィカス・プミラを挿し木しておいたのが根付いたのでそれも塀の外に植える。それから南天の木を抜いて、そこに西洋ニンジンボクの小さいのを移植。メギを2本掘り返して、目隠しになる位置に移植。

ふー。かなりやった。

今年キュウリやピーマンを植えていた場所にゴボウの種を蒔《ま》いて、冷蔵庫の中で根っこが出てしまったニンニクも植え付ける。ニンニクの芽が出たらソテーにしたい。

明日もがんばろう。明日はシダや枯草を刈って、集めた落ち葉とバークたい肥を木の下に撒《ま》こう。とにかく今回はひたすら庭作業。

青大根とプチトマトのサラダを作ったら、色がきれい。

11月13日（金）

昨日の芙蓉がまだ気になる。どうにか近くから見れないだろうか。グーグルマップの航空写真を見て位置を確認してみた。あった。ここだ。

ああ。近くにはいけないみたい。でもどこかに道はないか。もう一度カメラを持って行ってみた。やはり近づくのは無理で、たぶん温泉旅館の敷地内、中庭にあるみたい。しょうがなく昨日と同じ場所から撮る。まわりをグルグル歩いた時にわかったけど、その芙蓉の種が飛んだのか、周囲一帯に同じ色の芙蓉の木の中ぐらいのや小さいのが4～5本あって笑った。敷地をまたいだ塀のすき間にも。空から見たら子孫たちが放射状に広がっているかも。それらも桃色の満開。

堤防を通って、昨日見たベル状の花の写真も撮る。

昼間はずっと木の下に潜り込んでシダを引き抜く。草むしりの道具を使って土を掘り、黒い根をつかんでビリビリと剝《は》いでいく。前かがみになって集中したので胸のあたりが痛くなったほど。ずいぶんやったけどまだまだ残ってる。あとこれの数倍はある。全部は抜かないつもりなので明日やったら終わるかなあ。

夕方、川に写真を撮りに行く。
ここは盆地なので山に陽が沈む。今は5時ごろ沈む。沈む直前のオレンジ色の夕日がすごくきれいでまぶしい。砂地に転がる小石と草の紅葉とススキ。
山に陽が沈むとたんに薄暗くなる。5時半にはもう暗い。

あのベル状の花が気になって調べてみた。すると名前がわかった。キキョウ科のツリガネニンジン。北海道から九州まで、山野の草原や堤防に生息するわりとポピュラーな花のよう。「夏に刈り取られると速やかに地上部を回復する戦略をとっており、刈り取り草原によく適応した方法である」そうで、そうか、だから刈り取られた堤防の斜面にその花だけがスーッと伸びていたので車の運転中でも視界に入ったのだ。刈られた後は葉っぱの形状も茎も変化して、「これほどの葉形の変化は、驚きである」と書いてあった（岡山理科大学　生物地球学科　旧植物生態研究室　波田研HPより）。

11月14日（土）

コロナ患者が日本中でまた増え始めたので私はずっと家に籠《こも》る予定。しげちゃんのケアセンターは県外者と会う予定のある人は事前に報告しなければいけないそうで、予定だけでも報告とは。この市内ではまだ感染者は出ていない。

でもセッセとは帰ってきた日に立ち話をした。短い時間にいろいろ話して、「振り返って思うと、やっぱ大失敗はその後の人生のパワーになるよね。なにくそと奮起するためのがんばるエネルギーになったわ。振り返るとだけど」と締めくくる。最近失敗した嫌な経験をふと思い出したのだ。

「そうそう。かえってそういうのがないと」とセッセも大きく同意していた。

今日は昨日の続き。シダの根を掘り出す。木の下に入り込んで身をかがめてコツコツ抜く。狭くて身動きできず、1時間半ほどでついにギブアップ。今日のところはシダはここまでにしよう。

次は前に集めた落ち葉を木の根元に敷き込む。それから落ち葉拾い。落ち葉拾いは楽しかった。効果がすぐにわかるから。カソコソとした大きな落ち葉。まるで風船を割っていくようなおもしろさだった。

ふう。疲れた。明日の計画を夜に立てよう。

シダ掘りは休み休みにしないと気がめいる。明日は花壇に踏み石を設置しようかな。

ここに踏み石が欲しいと前々から思っていた場所がある。

音声ブログ「静けさのほとり」で、今日はセッセと話した「大失敗は人生のジャンプ台」という話をした。するといくつかのコメントをもらい、「毎日のこの時間が心の癒《いや》しです」とか「聞いているとだんだん考えが整理されます」と書いてあり、うれしい気持ちになる。何かの力づけになればという思いを込めて、毎日20分ぐらい話し続けている。軽い話題や深い思い…。そんなにたくさんの人が聞いているわけではないけど（二百人ぐらいか）、縁あって聞く流れになった人が聞いてくれているのだと思う。

静電気。

いつもとても気になっていた電化製品の静電気。特に仕事部屋のコピー機の表面につく白っぽいホコリがすごい。拭《ふ》いても拭いても、いや拭けば拭くほど、また一面にサーッとついている。座っていると目に入る角度が水平に近いのでいっそう目立つ。

そしたら先日静電気防止クリーナーというのがあることを知って、さっそく注文した。届いたのでテレビのレコーダーを拭いてみた。いい気がする。東京に帰ったらコピー機で試してみよう。でも、これでなくてもいい方法はある気がする。

夜は鶏《とり》ゴボウ鍋《なべ》。

11月15日（日）

今日もいい天気。

今日の「ほとり」で話したことはまだつれづれに書いてないことだと思うので書いておく。緩和ケアや死生観についての話の中で。

私は自分が死んだ時に子どもたちがあまり悲しまないように、昔から「ママはやりたいことをやって思う存分後悔のない人生を生きた。そして死んだあとも魂があってそっちの世界でこの世界よりももっと自由に楽しく生きる」ということを洗脳している。後悔のない人生を生きたと思わせることが、いちばん残った家族を悲しませないことだと思っている。まあ、自己満足だとしても…。

うん？　書いたかな。

庭の花壇に踏み石を置いて、集めた落ち葉を木の下に敷く。

夜は鶏肉のパリパリソテー。鶏肉早く食べないと、ということで。

11月16日（月）

今日は晴れてるけど雲が多いなあ。そしてとても気温が高い。

まず、郵便局に行って、それからスーパーでサランラップとゴマ塩と焼きそばを買って来よう。それから庭仕事だ。

暑いので半袖《はんそで》で出かける。


郵便局の駐車場に車を停めて、ドアを開けた。車の鍵《かぎ》。薄いプラスチックのキーホルダーがついている家の鍵のような普通の鍵。すぐだから鍵はかけなくてもいいかと、ドアのポケットに入れて出た。

お客さんは他に誰もいなくてすぐに用事が済んだ。

そして車に戻ると、なんと！

ドアが開かない。鍵が閉まってる。何度ドアをぐいぐい引いても開かない。すべてのドア、後ろの荷物のドアも閉まってる。

ああ、どうしよう。

こんなことってある？　遠隔キーでもないのに…。外に出る時に肘《ひじ》がドアの内カギを押したのだろうか…。何日も乗れないようなとても面倒くさいことになるかも…。

こまった。ふたたび全部のドアをぐいぐい引いてみたけどびくともしない。

ああ。

しょうがないので郵便局に引き返す。そして窓口の若い女性に困り顔で「すみません〜。車のキーを中に入れたまま鍵がかかってしまいました〜」と言ったら、「呼びましょうか？」と言って、すぐにどこかに電話をかけてくれた。

助かる…。

「生きた心地がしません〜」と泣き言をいいながらしばらく待っていたら、青いつなぎの若い男性（30代くらい）がやってきた。

神だ！

事情を説明して、レンタカーを見せる。「もしかすると少し傷がつくかもしれません」と言うので、「これはすご〜く古いレンタカーでもう細かい傷がたくさんついているからついてもいいです。細かい傷は大丈夫とレンタカー会社の人も言ってました！」と答える。

どうやるのか興味津々で心配しながら見ていたら、ドアの狭いすき間に薄い黒い四角い何かを差し込んで、そこに空気をフッフッと入れてふくらませることでドアを細〜く開けた。そしてそこから、なんと、先がキュッと曲がった錆《さ》びた長〜い針金を入れて、しばらくクイクイと忍耐強く動かして、ついにポケットの鍵をひっかけてすき間から取り出してくれたのだ。

すごい！

パチパチと手を叩《たた》き、喜びを表す。よかった。傷もつかなかった。

お礼を言う。料金は１０００円だったので、郵便局でさっきの女性に「開きました」とお礼を言って両替してもらって支払う。

帰ろうとする男性を引き留めて、「またお願いします。お店はどちらですか？」とお店の名前を聞く。さっきの女性と同級生なのだそう。とても助かった。

最初、このままドアが開かなくて歩いて帰らなくてはいけないかも、いつ直るかもわからない…2～3日乗れないかも…と真っ暗やみの気持ちだった。こんなに簡単に直るとは。さすがプロ。専門家がいて助かる。私の知らない分野なのでね。

分業、助け合い、という言葉がまた浮かぶ。私たちはそれぞれの専門分野に分かれて助け合って生きているのだ。

すっかり汗かいた。買い物して帰って、家でくつろぐ。しばらく庭に出る気になれず、テレビなどつけてのんびり黒豆ラテなど飲む。

ゆっくりすごそう。

そうこうしているうちにみるみる外が暗くなってきて、雨がポツポツ降り出した。たまに降る雨はいい。

鍵アクシデントが強烈で、今日は休憩だ。

洗濯ものに小さなワカメふりかけのようなカビがつくようになったのでしばらくぶりに洗濯槽のカビ取りをやる。専用の洗剤をたっぷり2倍入れて（汚れがひどい時は2袋と書いてあった）、洗濯槽クリーニングコースで。

10時間以上かかる。途中、見ると泡がはちきれんばかりにぶくぶく蓋《ふた》までいっぱいに。泡のところどころにワカメが見える。

終わった。ゴミネットに黒いワカメが入っていた。思ったよりは少なくて残念。ワカメを取り除いて、泡ぶくがすごすぎて石鹸《せっけん》成分がまだついていそうだったのでもう一度お湯で空洗濯して洗濯槽をゆすぐ。また泡がたくさん出ていた。まだついてるかも。

夜は豚肉のしょうが焼き。醤油《しょうゆ》とみりんでこってり濃く味つける。

11月17日（火）

いい天気だ。

今日こそ、エンドウ豆の種を蒔《ま》こう。

フェンス沿いにポツポツと種を蒔く。もしうまく育ってフェンスに絡みついて豆ができたらラッキーという気分。来年はもっとちゃんとやりたい。

それから玄関わきのモッコウバラの花壇にバークたい肥を敷く。

最近、まとめ買いした肉類を食べなければと毎日肉料理をドッカリ食べていたのでどうもスッキリしない。前のように野菜と発酵食品中心の少量ずつ数品というメニューにしたい。でも今日は買い物に行かないので発酵食品は納豆しかない。で、午後、野菜中心にコツコツ時間をかけて料理を作った。

夕飯のメニュー。納豆の大根おろしかけ、キャベツの塩炒《いた》め、大根と昆布の煮物、きんぴらごぼう、小松菜のお浸し。十六穀ごはん。

やっとホッとする料理を食べられた、と感じた。明日は発酵食品のキムチや塩麴《こうじ》、甘酒などを買ってこよう。小さくても目標ができるとがぜん楽しくなる。

ネットフリックスで映画「ドクター・スリープ」を見る。超能力を持つ人たちの話。特に面白くはなかった。

11月18日（水）

いい天気。

午前中、少し庭の手入れ。草を取ったり落ち葉を拾ったり。

午後、買い物へ。魚屋さんでいろいろ買おうと思って行ったら定休日だった。ガクリ。どうしよう…と考えながら進み、いつもはあまり行かないスーパーへ行ってみることにした。そして車から降りた時に気づく。

マスク、忘れた。

まただ。

どうしよう…。取りに帰るのは嫌だな。何かないか。バッグの中をさがす。ハンカチ、ない。帽子もない。うーん。あるのはレンタカーを借りた時に傷チェックした薄い紙だけ。

しかたない。その紙を四つ折りにして口に当てる。色と形はマスクに似ている。

そのひなびたスーパーにはお客さんは少なく、一言もしゃべらず、買い物を終える。あ、レジでお釣りをもらった時に返事した。

午後、また木の下を整えてバークたい肥を敷く。2袋目。ふぅ。家に入ったら、ピーピーと音がする。うん？　なんだろう。注意をうながす音だ。冷蔵庫だった。ドアが開いてた。両開きのドアの左側の細い方。このドアはよく開く。右をバタンと閉めると、よく開く。

前回、晩ごはんを食べる時に感じた強烈な孤独感。今はまったくない。やることがあるから孤独を感じる暇がない。孤独には暇じゃないとならないのかも。大変だったり忙しい時には感じないのかも。

コロナ感染者が急増しているというニュース。

私がたまに見ているのはにゃんこ先生（宮沢孝幸《みやざわたかゆき》准教授）とかんわいんちょー（大津秀一《おおつしゅういち》医師）なので、そのおふたりの動画を見て、ふむふむと思う。このおふたりはお顔も癒《いや》し系。にゃんこ先生が悲しさに思わず泣いた「泣かないで！にゃんこ先生の涙」という動画は、その涙見たさに2度も見た。

晩ごはんは、冷ややっこ、キムチ、イカの白塩辛、ゆずこんにゃく、梅干し、昨日のきんぴらと大根昆布煮、豆腐と油揚げのお味噌汁《みそしる》、十六穀ごはん。

食後のおやつに大学芋。

11月19日（木）

今日も庭仕事。土の表面をきれいに整えてバークたい肥を敷く。３袋。

カートを押して庭を進んでいたら、ふと目の前を横切る影が。

銀次郎だ！

この庭をたまに横切るどこかの飼い猫。いつも赤い首輪をしている。この夏の台風の時にその首輪が庭に千切れて落ちていた。取りに来るかとしばらくそのまま置いておいたけど、そんなわけはなく、やがて捨てた。その銀次郎が3日ほど前にまた横切った。その時は家の中から見ただけだった。首に新しい赤い首輪をしているのが見えた。

そして今、また銀次郎が庭を横切ろうとしている。私はカートを止めて立ち止まり、じっと見た。銀次郎も振り返って私を見ている。私は「来たの？」と声をかけた。銀次郎はこっちを見て立ち止まったままだったけどしっぽの先をクルックルッと動かした。親し気に。

銀次郎は私が好きなのかも。

私はそのままカートを押して先へ進んだ。

夜はイカの塩辛で作るスパゲティ。


これから私は人間の枠を超えた宇宙的感覚で生きていこうと閃《ひらめ》いた今日の「ほとり」。

11月20日（金）

昨日の夜はすごい雨だった。その音で目が覚めたほど。そして竜巻警報が有線放送で2回も流れた。

で、今朝は晴れ。いい天気。庭に出ると雨でしっとり湿ってちょうどいい感じ。

今日は将棋の日（王将戦）なのでゆっくり見よう。将棋の日は休養日のようなものなのでホッとする。家でだらだらしてもいい日、って感じ。

なんか、人はまわりの人々から「心配」というやさしい言葉で洗脳され続けていると思う。「ひとりは寂しくない？」とか「大変でしょう？」などなど。何度も言われ続けて、ひとりは寂しいんだと思い込まされてしまう。私はそれには屈しない。そういうことを言われるような瞬間を作らないように気をつけねば。無意識に言葉を発するやさしい人たちは意味を考えずにそういうことを言うからなあ。

将棋をチラチラ見ながらゆっくり過ごす。たまに庭に出てあちこち観察。

先日、冷蔵庫の中で根が出たので土に植えたニンニクがどうなったか見ると、たくさんの緑の茎が出ていた。すごいなあと感心しながら数を数えたり（30本はあった）、じっくり見ていたら、一ヶ所、土がぐーんとドーム状に盛り上がっているところがあった。なんだろうと思ってよく見たら、土のすき間から白いニンニクが見えた。そして根が反対側にのびて地面に届こうとしている。そう。ニンニクを逆さまに植え付けてしまったのだ。驚いて土を除《の》けて、ニンニクを引き抜く。すると黄色い長ーい茎が地面の奥から出てきた。発芽の力とはすごい力だ。このまま放《ほ》っといたらたぶん、根っこが地面について根を張り、地中深くの茎がだんだんに地上に出て来ただろう。あわてて穴を掘り、上下ひっくり返して植え直す。

庭を歩いていたらまた灰色の影が横切ろうとしている。銀次郎だ。

見ると、うん？　なんか微妙に違う、顔が丸い。灰色の体に縞《しま》がある。赤い首輪もない。一見同じみたいだけど違う。後ろを追いかけた。隣の家の塀の上を悠々と歩いて進んでいく。これは、顔の丸い丸次郎《まるじろう》とでも…。

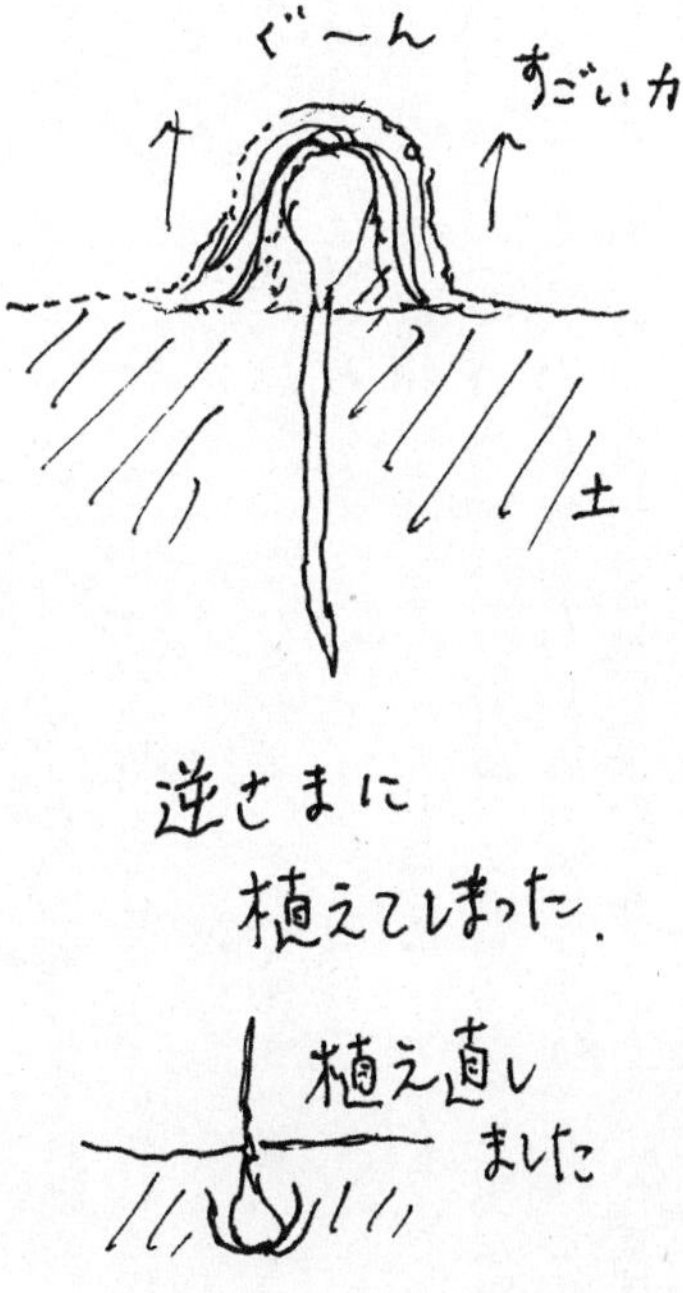
ぐ〜ん
すごい力
土
逆さまに
植えてしまった。
植え直し
ました

夜は小松菜やインゲン、ピーマンなど緑の野菜中心に。

11月21日（土）

いい天気。今日も庭仕事。枯れた草を集めたり、バークたい肥を敷いたり。

先日、芙蓉《ふよう》の木の空間的広がりがおもしろいと書いたが、また目についた木があった。それは最近鮮やかな黄色に葉が色づいている木。私の庭に2本あって、それは植えたのではなくたぶん鳥が種を運んできた。大きめの葉っぱで、秋になるときれいな黄色になる。

これって鮮やかだなあ。なんていう木だろう…といつものように眺め、その後、買い物に行こうと車で道を走っていたら、それと同じ黄色に色づいている木があちこちにあるのを発見した。

あれ？　あの木も同じ葉っぱだ！　これもだ！　その大きさの葉っぱでその黄色はこの時期それだけなのですぐわかる。

家に帰って気になって、植物の名前を教えてくれるスマホアプリ（グリーンスナップ）で写真を撮って送った。AIが調べてくれる。これですか？と出たいくつかの植物。これかなと思うのを調べたけど違った。最終的に、木の実で判断してわかった。イヌビワという木だった。その実は小さな無花果《いちじく》のような形で、イヌビワコバチという小さなハチとものすごく複雑な共生関係にあるという。

へえ〜、とおもしろく読んだ。気になっていた木や植物の名前がわかるとうれしい。

煮あずきをおやつに食べようと、お皿に出して電子レンジであたためる。いつもならサランラップをかけるのだけど、まあいいかとそのまま温めたら、最後のところで「ボンッ!」と破裂音。

ああ、しまった!と思ったけど遅い。扉を開けたら小豆が四方八方に飛び散っている。かなり全体的に。あ～あ…と思いながら、無言でペーパータオルを湿らせて丁寧に拭《ふ》く。自分がいけなかった。

さて、私の愛用のクッション。丸くて大きくて座布団にも背もたれにも使えてとても重宝。それはカバーが革張り。もう何年使っているだろう。20年ぐらいか…? その革がひび割れてガサガサになってしまっている。これがどうにかならないかと思い、適当にオイルをすり込んでみたけどいまいち。

先日、「革のひび割れ、修理」で検索して、ひび割れに塗るクリームを発見したので注文してみた。靴のクリームのようだ。色は似たような茶色を選ぶ。それが届いたので塗ってみたら…、うーん、どうだろう。ガサガサがよくなったような気がしない。しかも面積が広いので大量に塗らなくてはいけない。匂いもすごい。揮発性のなんか苦しい匂いがする。塗ったところだけがところどころ茶色くムラになったクッションカバーを見て、いったん休憩。もういいか…。

2瓶も買ってしまった。小さいけどまだたくさんある。かなり使える。がんばってやるか。指が茶色く汚れないように次はビニール手袋をしよう。

11月22日（日）

今日もいい天気。

行楽日和だけど、「我慢の3連休」と言われた。が、外に出る人は多いだろう。

NHK杯将棋トーナメントで藤井二冠と木村九段。今年は対戦が多い。事前のインタビューで木村九段が「王位戦で痛い目にあいましたので、できれば会いたくないです」とひょうひょうと語っていた。ユーモアあふれる木村九段らしい。

結果は木村九段が勝利。重苦しい空気の中で向かい合ってる場面であっさりと中継が切れて、その終わり方がおもしろかった。えっ？って。余韻もなにもなかった。

チャンネルを替えたら今日は女子駅伝の大会がある様子。解説は増田《ますだ》明美《あけみ》。見ようか…と思ったけど駅伝にはあまり興味がないので、少し増田明美に心残りを感じつつテレビを消す。

外に出ると、ニンニクの芽が順調に伸びていた。

あまりよく知らない人と会うのってちょっと気まずいし、退屈。席を立ってグルグル歩き回りたい衝動に駆られる。

動画を見たら、にゃんこ先生が必死に語りかけていた。「日本を守るために、自殺者を増やさないために、（気を付けながらも）普通に生活を続けてください！」と。泣きそうなほど必死に。

いやあ〜。それぞれに大変。それぞれの立場で意見がさまざま。


びっくり。

窓の外を悠々と歩く猫。はあ？　銀次郎でも丸次郎でもない。三毛猫だ。ああ〜。前に見たことあるわ。首に赤い首輪。ふわふわ白く毛並みもいい。私はカメラをつかんで通り過ぎて行った方向に廊下を急ぐ。

が、気配を察したようで走って逃げていく後ろ姿だけが見えた。三毛までいたか。三毛次郎《みけじろう》か。

どれかが私の庭の数ヶ所でおしっこをしているようでたまに匂いがする。それだけやめてくれればいいんだけどなあ。

3匹の猫。

銀次郎、丸次郎、三毛次郎。家の庭にいる時だけ私の猫。

夜。暇なのでネットフリックスで映画でも見るかと思い、探したけどどれもこれも暗く苦しそうなものばかり。かといって若者や主婦のドタバタは見たくないし…。で、選んだのが「スイッチング・プリンセス」。20分ぐらい見たけど、もしかしてこれはマンガっぽいやつかもと思う。

11月23日（月）

休日。晴れてる。
部屋の中は暖かくていい感じ。コタツに入ってゴロゴロ。テレビのワイドショーをチラ見しながらいろいろ。今日はのんびりすごそう。ゆったり、ぼんやり、のんびり。最高の休日。

「スイッチング・プリンセス」とその続編を見た。内容は子供向けともいえそうなほんわか系。でも豪華な宮殿とクリスマスデコレーションが綺麗《きれい》でそれだけを見る気持ちで見た。

11月24日（火）

しばらく補充できないのでグッズ類を多めに「道の駅」に持って行く。来年の春になったら売り場の台を整えたい。そのために台の寸法を測ったり売り場周辺の写真を撮っていたら、かわいらしいお母さんが来て何か緊張しながら挨拶《あいさつ》をされた。牛小屋が牛小屋が…とおっしゃる。最初、思い出せなかったのだけど、話を聞いているうちに思い出した。『バイバイまたね』という少女たちを写した写真詩集で写真を撮らせてもらった姉妹のお母さん（しかも遠い親戚《しんせき》）だった。

「ああ〜。お世話になりました！」

裏の川に入って犬と一緒に写真を撮ったり、牛小屋を見せてもらったりしたんだった。そして、遠くにいる娘に送りたいと言ってトートバッグを5個も買ってくれたので表にサインをする。

帰りの車の中で、喜んでおられたお母さんの笑顔を思い出して胸が温かくなる。やっぱり、その時その時の気持ちに忠実に、いろいろ仕事してきてよかった、と思った。これからも頑張ろう。救われたような思いがする。忘れていたものを思い出させてくれた。忘れていた大事なものを。心の奥の強いものを。

興奮したせいか、途中ホームセンターに寄って花の球根を爆買い。百合《ゆり》、ヒヤシンス、フリージア、チューリップなど。

家に帰ってそれらを植え付けてから近くの温泉へ。今回、温泉に行くのは初めて。熱い温泉に浸《つ》かって、熱さをぎゅっとこらえて200まで数えた。やっぱり、温泉はいいなあ〜。入ってみるとそのよさを思い出す。気持ちがリセットされる。気分転換になるんだよね〜。

11月25日（水）

午前中、最後の庭仕事。イヌビワの木をちょっと剪定《せんてい》したり。バラのトゲトゲの枝も剪定した。

戸締りをして出発。年季の入った車を返却して、空港まで送ってもらう。鹿児島空港はけっこう人がいた。荷物検査も並んでいた。

飛行機の窓から青っぽい富士山《ふじさん》を見ながら羽田に到着。予約しておいたタクシーに乗ったら感染対策が強化されていた。運転席とのあいだにぴっちりとしたガラスの仕切りができていて声も聞こえづらく、いつもならお話ししながら帰るのに今日は無言。

家に帰るとまず皿洗い。

それから食料の買い物。とりあえず今日の分だけを買う。今日はゆっくりして明日、掃除とかしよう。

11月26日（木）

コタツが出ていて、サクは昨日は旅行で今日帰ってくるそう。私は簡単に片づけをして、竜王戦を見る。会場は指宿《いぶすき》の白水館《はくすいかん》。何度か泊まったことがある。砂蒸し風呂《ぶろ》が有名だ。いつだったか夜寝つけなくて、ロビーにあった本棚から本を借りて夜明けまで読みふけり、最後、号泣したっけ。曽野綾子《そのあやこ》の『春の飛行』だった。白水館は敷地が広く、新館や旧館などいくつかのグレードがある。私は古い建物だったので普通だった。次は新しくて豪華な館の方に泊まりたい。

プールに行ってすこしだけウォーキング。まるちゃんおじさんがいたのでちょっと立ち話。人は少なかった。外のジャグジーであおむけに浮かんで空を見上げる。これが大好き。

帰りに買い物。アンコウがあったのでそれとキーマカレーの材料と、鶏肉《とりにく》、豚肉、ネギ、水菜など。明日の分も買っといた。

竜王戦、テレビのニュースを同時に見る。

悲観的なことをすっぱり言い切る人がいて、それを聞きたくなった時、その人の動画を時々見ている。ニヤリとしながら。

悲観的な人、明るすぎる人、インテリで嫌味だけどおもしろい人、考えに癖がある人など、いろいろな人の意見を聞いていると、どの人の意見にも、その中のひとカケラ分ぐらい好きなところがある。その人の考えが全部好きという人はいないけど、そういう聞き方で私は人の意見を聞く。そしてそれを自分の考えと照らし合わせてあれこれ考える。

最近はまっている動画はパンの作り方。いつか実際に作りたい。それと昨日は、苔《こけ》に興味を持ったのでじっくりと調べて、考えた末、1冊の本を注文した。

イタリアンレストランを10年やっていたけど今回のコロナの影響で閉店したという人のインタビューを見た。スタッフたちと何度も話し合ってぎりぎりまで頑張ったけど、どうしても無理だということになり、最後の日の終わりかけ、まだお客さんが数人いるのに涙がポロポロ出てきて止まらなくなり、向かいのビルのトイレに駆け込んで30分ぐらい号泣したという話を聞いて、私も泣きそうになった。似たような大変な思いをしている人はたくさんいるのだろう。いつ何が起こるかわからない。

いつもそう思って、今を奇跡だと思って過ごす。

11月27日（金）

苔の本が来た。くいいるように見る。ガラスの水槽に苔の箱庭を作りたい。春まで苔心を絶やさないようにじっくり温めとこう（苔心、すぐに消えたわ…。でもまた出てくるかもしれぬ）。

竜王戦2日目。指宿はそら豆が名産。おやつにも使われていた（そらまめドラ焼き）。1日中ずっと家にいて、掃除したりしながら観戦。羽生九段と豊島竜王、絵になるふたり。豊島竜王が勝った。
夜はキーマカレーを作る。
サクが旅行から帰ってきた。久しぶり。思いつくことをパーッとしゃべる。

11月28日（土）

プールに行ったら人が少なかった。ジムが全体的に静か。
考えを整理しながらゆっくり歩く。が、最近、整理しなければならないことはあまりなく、どちらかというとボーッと歩く。そしてサウナで温まる。

帰りに買い物。

そこでひとつ、出来事が。竹製の中華セイロを見つけた。そういえば長年使ってて壊れてたなあと思い出し、買うことにした。会計の時、「これは蓋《ふた》と下の方が別々の料金ですがいいですか？」と聞かれた。上1000円、下1000円ほど。

上下セットで1000円だと思い込んでいたので、あら、と思う。「セットだと思ってました…」と考え込む。レジの方もそう思っていたよう。

壊れていたのは下の方だ。どうしよう…と思ったけど、なんかパニクってしまい、「いいですよ」と言ってしまった。

会計して、家に帰って家のセイロを見たら、壊れてるのはやはり下で、上の蓋は壊れてない。そのまま使える。

どうしよう…。判断を間違えた。と、しばし後悔する。メルカリで売ろうか。でも蓋だけなんて…。うう…と考えていたけど、「よし。今ならまだ返品が間に合うかもしれない。あのレジの方に聞くだけ聞いてみよう」と思ってサッと家を出る。

レジに着いたらレジが閉まっていてあの女性はいなかった。あの人に聞きたい…と思って、隣の人に尋ねる。そしたらマイクで呼んでくれた。最初、他の女性が来て、次にあの方が来て、説明をしたらわかってくれて無事に返品できた。あの方がレジを打つ時に「あら？」と思って聞いてくれたからわかったこと。その時の会話が印象に残ったから、今回思い切って返品できた。よかった〜。

それにしてもとっさの判断力がないのは昔からだ。たいがいいつも自分が損する方を選んでしまう。面倒くさいから楽な方を。それがいい時もあるけど長く後悔することもあるので、そこは私の弱点だと思う。慌てずに落ち着いて判断できる人になりたい…。早く収めようとするのが原因だなあ。

夜は、鶏のから揚げとカワハギの薄造り、肝醤油《じょうゆ》で。

サクと登山のドキュメンタリー映画「メルー」を見る。あんなに危険なところに行くのはすごくそれが好きだからだろう、と見ながら何度も自分を納得させ、たまにサクにもつぶやく。そう思わないと苦しすぎて。

11月29日（日）

プールに行って、午後は家でいろいろ。お昼のチーズトースト、見た目はそうでもないけど味はおいしかった。

窓から冷たい空気が忍び寄る。寒くなりそう。

11月30日（月）

郵便局に行ったり、発酵食品を買ったり。

夜はひとりだったので、健康的なごはんを少量。キムチ、ぬか漬け、冷ややっこ、平目のお刺身。

12月

12月1日（火）

今日から12月。

今年も、もうあと1ヶ月だ。感慨深い。2020年がこんな年になるとはね。時代の転換点。

ひさしぶりに天ぷら。かき揚げを作る。あとマグロの漬け。それを食べてから、サクは夜行バスで友達と京都へ。

12月2日（水）

プールへ行ったら寒いせいか、とても人が少なかった。

ゆっくりゆっくり水中ウォーキングして、飽きたらそのままふわっと水面に浮かんで犬かき。数メートル泳いで、また立ってウォーキング。気持ちが動くままに体を動かしていたら、驚くほど飽きるまでの距離が短い。数メートルとは。

歩いて、泳いで、歩いて、次はバタフライ、歩いて、犬かき。これも飽きたらやめて、また歩く。気持ちのままに動くとこんなにも小刻みになるとわかって、とてもおもしろかった。重要なことを発見した気分。

カナダの画家モード・ルイスの実話に基づいた映画を見た。とてもよかった。泣いたわ。いつか落ち着いたら私もたくさん絵を描きたい。

12月3日（木）

今日は寒い。空は灰色。どんよりした灰色。
これからしばらくとても寒いらしい。うう。そしてプールへ。サッと歩いて、買い物して帰る。

午後、忘れてた。将棋があった。叡王戦。勝った。次は7時から杉本《すぎもと》師匠と対決。楽しみ。そのあいだに晩ごはんを準備しよう。大好きなお店の麵《めん》とソースを注文してたのが届いたから、焼きそば。
ニュースでは大阪や北海道の医療崩壊のこと。あら！　大変。どうなっていくのだろう。

12月4日（金）

晴れ。
プールへ。水中を歩いていたらまるちゃんおじさんにまた会った。

「今日は人が少ないですね〜」とまるちゃん。

「そうですね〜」と私。

「自粛だからね」

変わった人だと思われないように普通の会話を緊張しながら交わす私。

最後に、「うがい手洗いですよ」と言いながら去って行ったまるちゃん。


買い物して帰宅。

テレビでは昨日のアンジャッシュ渡部《わたべ》の記者会見で持ち切り。

夜は里芋とひき肉の煮物、人参《にんじん》の極細切り炒《いた》めを作る。最近この人参の極細切り炒めに凝っている。できるだけできるだけ細く。そしてところどころカラッとなるまで気長に炒めるのだ。

かつて仕事でお世話になった方から、ものすごく久しぶりに、ちょっとした連絡ごとでメールが来たので返事を書く。

最後の数行。

「世の中は急展開ですが、これから世界がどうなっていくのか、実は少し楽しみです。それではお仕事も日常生活も、マイペースでがんばってくださいね。いろいろありがとうございました。」

12月5日（土）

寒い。竜王戦5局目。場所は箱根仙石原《はこねせんごくはら》の旅館。黒玉子が紹介されている。黒玉子キーホルダーを買ったなあ。小さくてかわいかった。まだあるよ。

それをチラチラ見ながらメルカリで売れた商品の荷造り。現在、いくつか売れそうなものを処分中。

でも今日のは失敗した、と思った。大きさが大きいものは送るのが大変。ひとつ、出品するか迷ったものがあって、どうしようか…と思ったんだけど、とりあえず出品して売れなかったらいつか使うかもしれないから保管しておこうと思ってたら、すぐに売れた。しかも長さが1メートルぐらいあって梱包《こんぽう》が大変だった。さらに売った値段が安すぎた（と、あとで思った）。売らなくてもいいかもと思っていたんだからそんなに安くしなくてもよかったのに…、としばらく後悔。

長く考えたくないので早急に梱包して、さっきコンビニに出しに行った。

ああ、失敗。今でもそう思うわ〜。もう大物を出品するのは絶対にやめたい。大変だった。形がゴボゴボ丸く不安定なのでコンビニで配送の紙を入れるのも手間取った。アルバイトの女の子が心配して「新しいのを出しましょうか？」と言ってくれたほど。床にしゃがんで、どうにか入って、汗だくで、お礼を言って帰る。

これからは急がずに落ち着いてやっていきたい。出品するときはつい夢中になってどんどん出したくなってしまう。あれもこれもと。

そうそう。今日はケーキ屋さんでおやつを買ったんだった。マロンパイ、リンゴの薄いなにか、柚子《ゆず》のミルクフランス、カヌレ。それらを食べながら気持ちを落ち着けよう。

外は寒かった〜。

12月6日（日）

ずっとコタツに入って将棋観戦と読書。おやつとお昼の中継写真を食い入るように見る。

昨日送った荷物が無事に着いたそう。お礼のコメントが来たので私もお礼のコメントを返す。相手の人がいい人そうだと安くてもいいと思う。もっと安くしてもいいとさえ思う。やはり人だよなあ〜。相手がいい人じゃないと売りたい気もなくなるしね。路面店で買い物するときも、販売員の方がいい人だとついたくさん買ってしまう。販売員の方が感じ悪いと買いたいものでも買わないことがある。ホント、人だよね。

羽生九段が負けてしまった。

夕方、関西方面に旅行に行っていたサクが帰ってきた。帰りもバスで8時間かけて。行ってから予定をたてて初めての場所に行ったりしておもしろかったそう。それはよかった。有馬《ありま》温泉の炭酸せんべいをお土産に買ってきてた。炭酸せんべい。甘すぎず、淡い味がおいしい。

12月7日（月）

ひとりの人の人生は長い大きなものの一片。どの人の人生も大きなものの途中で始まり途中で終わり、大きなものは続く。

今日は家でこまごまとした仕事。

メルカリでまた。

380円の本を「300円に負けてください」というので「いいですよ」と承諾。長く売れてなかった本なのでね。家に余ってる切手を使いたいと思い、いつもなら匿名配達にするんだけど金額が少ないので切手で送る方法を選択していた。重さを量ると、250円だった。で、52円切手を5枚貼る。260円か。

260円？

ゆうゆうメルカリ便なら200円じゃない？ 損した。手数料を1割引いたら270円なので、利益は10円だ。ぷふ。でもまあ、赤字よりいいか。前に送料の方が高かったという失敗もしたなあ。

メルカリ出品もひと通り終了。これでもういい。これからは片付けだ。

12月8日（火）

『ひとりが好きなあなたへ2』の打ち合わせ。細かい指示がたくさんあったので複雑に入り組んだ原稿になってしまった。そして、『スーパーマーケットでは人生を考えさせられる』（幻冬舎文庫）という本が2度目の増刷になったそう。まあ。うれしい。あの本は確か、アマゾンにいい感想を書いてくれた人がいて今も私はそれを写メして大事に取ってある。「接客業の方、必読」みたいな。

どんなこと書いてたかなあと本棚から取り出してちょっと読んでみた。するとおもしろい。ぐっと引き込まれ、アハハと大声で笑ってしまった。全体的に書き方に勢いがある。生き生きとした好奇心、ユニークな視点、シャープなつっこみ、底を流れる深い愛情。

夜。アマゾンプライムで最近好きなドラマ「ビッグ・リトル・ライズ」を見る。ニコール・キッドマンが好きだし、海沿いのセレブのお家も素敵。カメラワークも雰囲気があっていい。5話まで見てしまった。あと2話で終わってしまう。くー、残念。
近ごろまた映画熱が戻ってきたので、年末年始に見るための映画やドラマをたくさんウォッチリストに追加した。今年のお正月は籠《こも》って映画と読書三昧《ざんまい》。楽しみ。

12月9日（水）

プールへ。
水曜日はいつも人が少ない。
3〜4人しかいない。静かにゆっくり歩く。トコトコとまるちゃんおじさんが来た。
今日も丸顔。
「人、少ないですね〜」と挨拶《あいさつ》。話題はいつも人の込み具合と天気のこと。

まるちゃんが去り、ダイヤママが来た。突きあたりの、水がドドドと滝のように細く落ちてくるところで水に打たれてる。ずいぶん長くやってるので私も気になり、近づいて隣で水に打たれる。首の上らへんが気持ちいい。見ると、ダイヤママは頭のてっぺんに水を当てながら小さくジャンプジャンプしている。

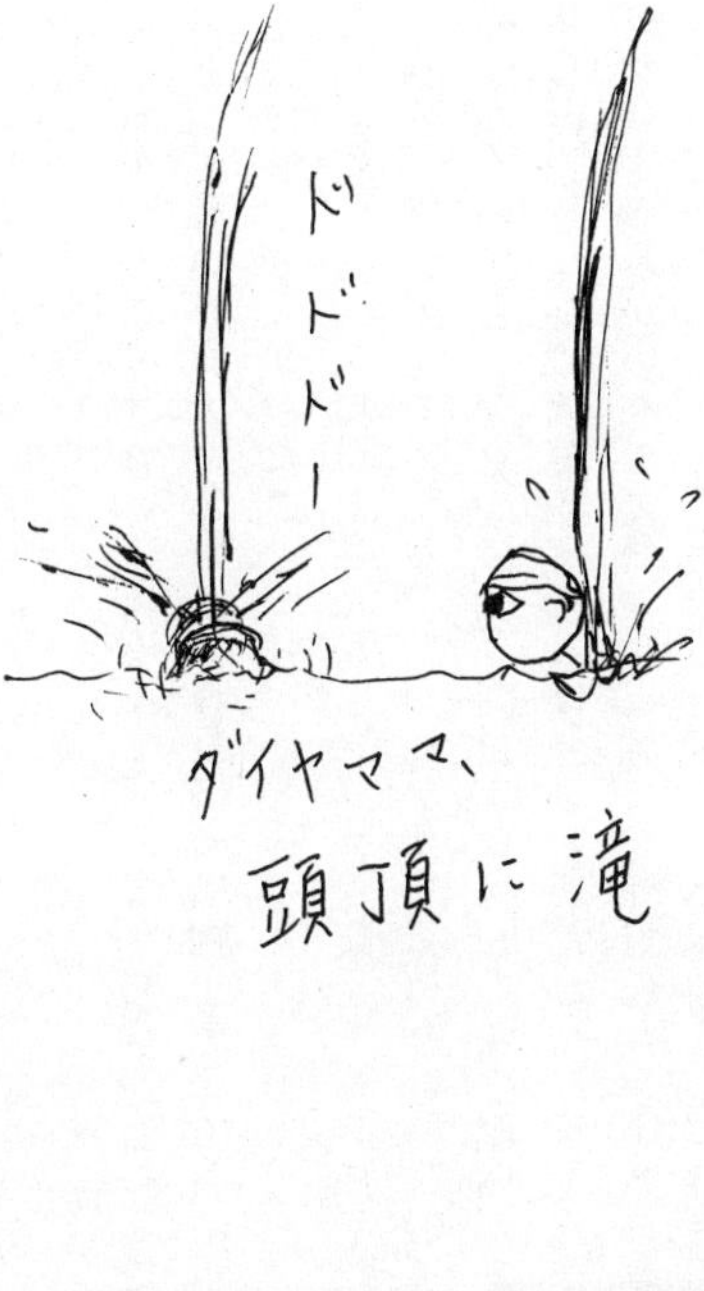

ううむ。あれはなんだろう。あれがいいのだろうか。私も真似して頭のてっぺんで水を受けてみた。確かに、なんか効きそう。

ママ、ずいぶん長くやってる。まだかな。

終わったようなので、ダイヤママに「気持ちいいですね」と声をかけた。

「そう。マッサージよりいいわ」

「頭のてっぺん…、あれ、いいですね」

「あれね。あそこやると肌がすっごくきれいになるんですって。ちょっとここで肩、やってごらんなさい。とってもいいわよ」と教えられた場所に腕を載せて肩に水をあててみたが、そこはそれほどじゃなかった。

ママも去り、また黙々と歩いていたらQPさんがスタジオを終えてやってきたのでしばらくジャグジーで話す。体が冷えていたのであったかくて気持ちいい。最近、スーパーに目新しい商品がないね〜といつもの会話。昨日アップルパイの出店があって、買ってみたけどあまりおいしくなかったそう。そこは見逃してたわ。

サウナに行ったらガンジーさんがいたのでちょっと話す。昨日のニュースの話題。大阪の吉村知事の名前が出たので「…イソジン」とつぶやいたら、近くにいた人が笑ってた。吉村知事はあのイソジンが大きな分かれ道だったかも。パラレルワールドがあるとしたら、あそこがひとつのポイントだね。

帰りにスーパーに寄って夕飯の買い物。なににしよう…。いつもはプールで歩きながら考えるんだけど、今日は何も浮かばなかった。

カレーにしようかな。瓶に入った「印度《インド》の味」のバターチキンにしよう。簡単だし。鶏肉《とりにく》と野菜などを買う。おやつにマロンパイをひとつ。

12月10日（木）

朝、空を見たらどんよりした曇り。

寒空。

プールに行って、歩く。今日は長くいようかな。考えることがないのでぼんやり歩く。

QPさんが来たので歩きながら話す。

「昨日の夜、まるちゃんに会《お》うたで。まるちゃんて呼ばれてること、まわりの人に話してたわ」

「へえ～。うれしいのかもね」

そこへ、まるちゃんがトコトコ入り口から入ってきた。ちょうどのタイミングにふたりで大笑い。近づいてくるまるちゃんに「今、噂してたとこや」とQPさん。

ジャグジーで、QPさん、ガンジーさん、まるちゃんと4人。来年閉店する近くの大きなショッピングセンターのあとにどこが入るかについていろいろ話す。まだ決まってないのだそう。でも候補が2つあって、まだ極秘なのだそう。

買い物して帰る。今日は親子どんぶりにしようっと。

お昼ご飯を食べて、ワイドショーをチラチラとチェックして、コタツで寝ころんで本を読みながらウトウト…。夕方までそういうふうにゴロゴロしてすごす。動きたくない…。

さすがに暗くなってきたので観念して、たまったお皿を洗う。

もう夜だ。

早い。

12月11日（金）

今日もプール。

今日も人が少ない。ゆっくりと歩く。バタフライもちょっと。私のバタフライ、どうもスムーズに前に進んでいる気がしない。どこかタイミングがずれてブレーキがかかってる。気になるけどそのまま泳ぐ。

まるちゃんが来た。いつもの天気の挨拶。そしてまた歩く。厳しい顔で、黙々と。

帰りに買い物。今日、何にしようかなあ。そうだ。麻婆豆腐《マーボー》にしよう。あと、冷凍シューマイを買う。

レジに並んでいたらジムの先輩、おっとりしたトモちゃんがいたのでやあと挨拶。

レジが終わって商品を袋に入れるところにトモちゃんがさよならと言いに来た。

トモ「最近ね。若い人たち、さよならって言わないんですって。さよならって言うともう二度と会えないみたいだからなんですって」

私「へえー。前に、あるネイティブアメリカンの本を読んだら、その人たちはさよならって言わないんだって。君は去りなさい、僕はここにいる、って言うんだって。いいよね」

トモ「へ〜」

私「君は去りなさい」

トモ「去りま〜す」

と笑って、去って行った。

うん？

「君は行きなさい、僕はここにいる」だったかも。先輩のトモちゃんに「去りま〜す」と言わせてしまってしばらく後悔。「行きま〜す」だったのに。印象が大きく違うではないか。

夕飯に、青い大根と柿と生ハムのオードブルも作った。色がとてもきれい。

12月12日（土）

今日はカーカとひさびさの外食。お寿司《すし》。サクは寿司屋のカウンターは緊張するので苦手だから釣りに行くとのこと。

夕方5時にカーカが来てしばらくあれこれして、5時半にお店へ。

この寿司屋も前にサクとランチを食べて以来。最近お酒を飲んでいないので、今日は熱い日本茶で。お酒を飲まずにお寿司を食べるのは初めてかも。おかげで最後までじっくり食べられた。味もよくわかった。お酒を飲むと半分ぐらいから味がわからなくなる。おいしいと感じたもの、それほどではなかったもの、いろいろあった。

結局、なんか…、もう高級お寿司は食べなくてもいいかなあと思った。

カーカと YouTube の動画の話をした。しばらくやる気がなくて遠ざかってたけどカーカが手伝ってくれるならこれからまた熱心に楽しくやろうかな、と。

12月13日（日）

プールで歩く。

最近私はある泳ぎ方を発明した。それは犬かきに似ている。顔を水につけたくない時、犬かきで泳いでいて、バタバタするのは嫌だ、もっと楽に泳げないかなと考え、手を左右、猫のように静かにかいて、足も左右、ゆっくりとかく。

その泳ぎを今日、ＱＰさんに披露したら、「猫みたいやな。早くてすごいで」と驚いていた。ネコ泳ぎ。

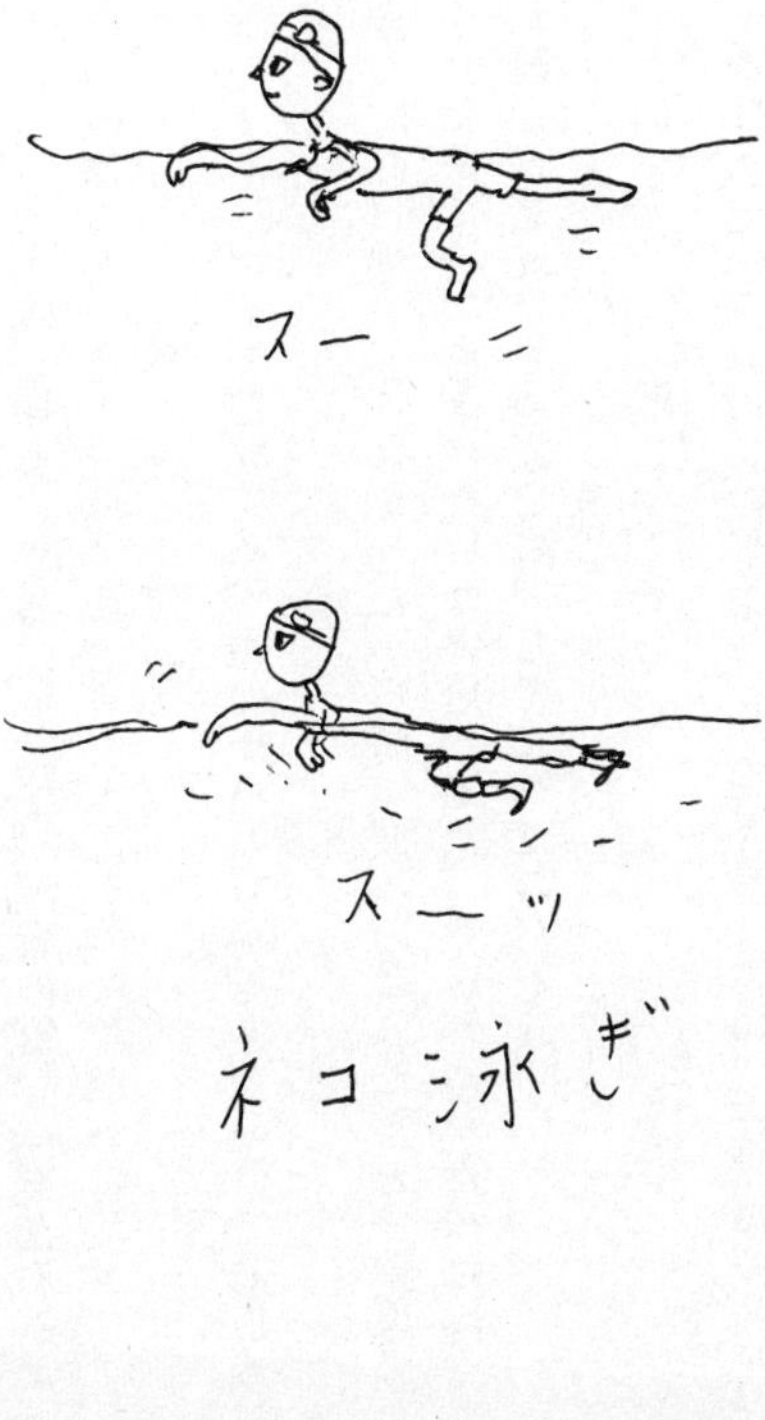

午後、カーカとズームで動画を撮る。たらたら話す。読者の質問に答えるみたいなのにしたいのでその最初のあいさつ。ほっとするようなものにしたいのだが。

夜。利尻昆布トリートメントで白髪染め。頭の後ろの方が見えないので染め残しがありそう。

サクが帰ってきた。昨日帰ってこなかったから海で波にのまれたかと一瞬思ったけど天気は悪くなかったのでその心配はないなと思ってた。私が寿司を食べに行くと言ったので、釣れた鯵《あじ》などを友だちの家で調理して食べたのだそう。

買ったまま読んでなかった本を読む。

クロネコヤマトを作った小倉昌男《おぐらまさお》『経営学』と『祈りと経営』。経営に興味がなくなったので『経営学』の本は途中から読む気になれず、小倉氏の家庭の問題をルポルタージュした『祈りと経営』の方がおもしろく読めた。が、読み終えて、いいルポだったけど別に読まなくてもよかったかもと思った。

安富歩《やすとみあゆみ》『マイケル・ジャクソンの思想』。安富歩とマイケル・ジャクソンは好きだけど、安富歩がマイケルの曲を考察しているのは別に好きではないということに途中で気づき、読むのを中断。

百田尚樹《ひゃくたなおき》『海賊とよばれた男』上・下。実在する石油会社の成功物語。書評に「とてもおもしろい」と書いてあったので買ったけど、1ページ目からまったく読む気になれず、うう、何度目かの挑戦を経て、断念。購入時から自分の興味が変化していて、今は別のことに移ってしまったよう。

12月14日（月）

自然農に興味があって見ている動画のあの人がまたいいことを言っていた。

水や食べ物がどこをどういうふうにたどって自分の口に入るか、自分の命の根っこがどういうふうに大地とつながっているのかが、わかればわかるほど心は安定してきます。自分の命の由来、それがどういうふうに自然に支えられているのか、それが見えるのと見えないのとではまったく心の安定具合が違うんですよね。すこしでも自分の命を支えているものに近づいていくと、心がすごく安定していきます。

…みたいなこと。今の私の興味のど真ん中。早く宮崎に帰って野菜を育てたりしたい。自分用なので見た目は悪くていいから、その味を確かめたい。

今朝起きて、ベッドの中でまたそのことを思い出していた。

ここにひとりの私がいる。

そう。寝ている。
右手を上げる。
上がった。
左手。

上がった。

この上げたエネルギーはどこから来てるのか。

そう。私が食べたものから。

その食べ物を自分で作れたらどんなにか楽しいだろう。

考えただけでワクワクしてくる。

そしてさらに思う…。

今、都会にいる私は、野菜作りはできない。でもここでできる範囲で、何を食べるか選択することはできる。命の根っこが大地と繋《つな》がっているその間の、ほんの短い部分だけど、いくつか選択肢がある中のこれ、と選ぶことはできる。そういうふうに、今いる場所でできる範囲でつながることはできるはず。

私は沢の水を飲んで生活することはできない。したくない。水道を使う。でも野菜作りはしたい。できることをできる範囲でやろう。

部分的にしか参加していないとしても、全体の流れは意識していよう。


午後、ひさびさにキーちゃんに会う。2〜3年ぶりかも。

最近、『プロデュースの基本』という本を出したそうでそれをもらう。私もいくつか本をあげる。ひさしぶりに話して、やはり思った。同じ種族だと。心の範囲が広いので何を話してもすぐ理解して、答えを返してくれる。話しやすく、楽しかった。

カーカとズームで撮った動画は設定を間違えてしまったので、改めてひとりで「新しい試み」と題して質問を募集する動画を撮ってアップした。

12月15日(火)

キーちゃんの本を読んだら、読みやすくておもしろかった。心に触れた個所《かしょ》に付箋《ふせん》を貼る。「ディズニーランドは世界一の嘘つき」とかね。会社時代のエピソードが興味深く、もっと聞きたい。

プールではネコ泳ぎ。

今日は人が多かった。

実はしなくてはいけない仕事があるんだけど、どうもやる気になれず、ダラダラしてばかり。明日は将棋の日だから明後日からやろうかな。やる気のない時にあまり無理してやらないようにしている。

12月16日（水）

いい天気。雲ひとつない空だ。気温は低い。北陸《ほくりく》では大雪とか。今日は将棋の日。順位戦。ひさしぶりな感じ。

鹿児島の躁《そう》うつ病などのお医者さんで神田橋《かんだばし》先生という方がいて、その方の語録でいいなと思った言葉。

「『気分屋的生き方をすると気分が安定する』という法則を大切にしましょう」そんなこと言われるとホッとするわ。

行動障害という言葉があるけど、私は前々からこの名称はおかしいと感じていた。私の感覚では、枠組みが違う人たち。おかしいのではなく、「新しい枠組みを持った人たち」なのだと思う。今までの枠（常識）が当てはまらない。無理に枠に入れようとするとよくないことになる。

アメリカの大統領選、ますます複雑なことになってきた。私はとても興味を持っている。政治のことはよくわからないが、選挙に不正があって、もしそれで不正した側が勝ったとしたらアメリカの民主主義の崩壊だ。どちらが勝ってもいいが、多くの国民が投票した方の人が選ばれて欲しい。どうなるのか非常に注視している。

夜、テレビをつけたら、音量が勝手に小さくなる。何度も何度も。怖っ。

どうして？

まず、リモコンの電池を換えてみた。直らない。何度あげても勝手に下がる。0まで。コンセントを抜いて電源を入れ直してみた。直らない。ググって調べたら、他にも同じ悩みをかかえている人がたくさんいた。テレビが壊れたのかも…。テレビが壊れると、たまに見ている番組を見れないし、録画しておいた番組も見れない。しょうがないか…。あと3ヶ月だから今から新しく買う気もしないしね。

テレビのない日々もいいかも。

サクが帰ってきた。テレビの音量の話をしたら、テレビをつけてチェックしてる。音が小さくならない。うん？　どうして？

見ると、テレビのリモコンではなく、もうひとつのファイヤーTVスティックのリモコンを操作している。

「何かに押されてたんじゃない？」

「そうかも」

そっちのリモコンに何かが当たっててボリュームが押されてたのかも。よかった〜。

12月17日（木）

空気が冷えてる。

プールに行って今日も歩く。滝にもあたった。

ジャグジーでガンジーさん、まるちゃんと一緒になったのでちょっと話す。

まるちゃんは3人から始めて今では何百人も社員のいる会社を作ったそう。

「経営の能力があったんですか？」と聞いたら、「もう一人の人ができたから」という。

そして、「トラブルなんかありましたか？」とトラブルについて聞くと、

「車の渋滞と同じで、人が多いと必ずトラブルはあります。でもね、トラブルは必ず解決します。時間をかけると必ず解決します。それを僕は若いころに思いました」と、人差し指を上げてキッパリと語るまるちゃん。

さすが。

と、感心してお風呂《ふろ》のサウナに入ったら、そこにダイヤママがいた。ダイヤママはまるちゃんのことを20〜30年前から知ってるそうで、まるちゃんは3回結婚して別れて4度目を狙っている、と教えてくれた。

まあ。あんな平和そうな丸顔で？

さっきの「トラブルは必ず解決します」が違う意味で響いてくる。

ぷふふ。

「まるちゃん、そんなだったなんてね。変わった人なのかも。もう安心して、気を遣わないわ」とガンジーさんに告げる。

まるちゃん、65歳、男、丸顔、まだまだ元気。

帰りも空気が冷えていた。

夜はビーフシチューにしよう。


ビーフシチューを食べました。

さて、今日はカーカとズームでYouTubeの動画を撮る予定だったけど用事ができたそうで、ピンチヒッターをサクにお願いする。内容は、募集していた質問を読んでもらって私が絵を描きながら答えるというもの。けっこうおもしろく進んで、私たちも慣れてきたね〜と思いながらYouTubeにアップしようとしたらできない。アイムービーとYouTubeが繋《つな》がってない。むむ。また進まなくなってしまった。

12月18日（金）

昨日の夜から今日の昼過ぎまでず〜っと、アップできないYouTube動画をあれこれいじって、調べて、考える。まだできない。

これ以上は考えても無理そうなので、いったん外に出る。エレベーターでどこかの奥様と一緒になり、挨拶《あいさつ》して顔を見て、「あっ!」。

「マスクね」

「忘れました…」

取りに帰る。

郵便局に行ってから買い物へ。お腹が空《す》いてないので、なにを見てもピンとこない。ううむ。どうしよう。くるくる歩き回って、やっと決めた。レタスと豚しゃぶ肉の蒸し焼きにしよう。ポン酢で。さっぱりとしておいしいから。


カーカとラインでやり取りして、調べてくれたら原因がやっとわかった。どうやらアイムービーの設定が変更になったみたい。なるほどね。最近、YouTube も不具合が続いてるし、やっぱりこういうのはいつどうなるかわからないと身構えて使わないと。

さっそく一つ、だれかの口コミの指示に従ってあれこれ触って、ついにアップできた。けど、あまりにもあちこちひねくり回したので、どうやってできたのかわからない。まあ、とりあえずホッとする。

夜は堅苦しい事務作業。じっと固まってパソコン作業をしていたら肩が凝った！
靴下を干す場所がなくて、しかたなくソファに並べた。夜、それがふと目に入った。テチテチ並んでて、かわいい。

12月19日（土）

ニュースを見たら、雪で何十時間も立ち往生していた関越道《かんえつ》の車が動いたそうでよかった。そのあいだ、お煎餅《せんべい》やいろいろなものが差し入れされたらしいけど、インタビューに答えてたおじさんは「僕のところにはなにもきませんでした。ペットボトルに雪を入れて溶かして飲んでました」と言っていた。

昨日のことを考える。ネットなどで便利になったけど、使い方がわからない便利なものに依存する割合は一定程度以下にとどめなくてはと思った。使い方がわからないもの、自分で直せないものは、まあ…だいたい2〜3割にしとこう。それ以外は壊れても直し方がわかるものにしたい。

今日はゆっくりとプールへ。

パウダールームでおっとりトモちゃんと会う。もう帰るところみたい。

「いつもどれくらい泳ぐの？」と聞かれたので、「実はほとんど歩いてるんです。たまに飽きたらちょっと泳いで、また歩いて、の繰り返し…」。

トモちゃんは「100から7引く、をやりながら歩くの。最後2になるはずなんだけど、たまに3になって、あら？って」と笑ってた。

2時間ほどいて、買い物して帰る。クリスマスのスポンジケーキ用のスポンジがあったので小さいのを買った。それと安売りの苺《いちご》とミニ生クリーム。

ミニ生クリームを箱のまま、砂糖を入れてカプチーノ泡だて器で泡立てて、スポンジを小さく切ってつけて、生クリームフォンデュにして食べる。苺も切って交互に。おいしかった。買ってくるケーキよりこういう方が好きだわ。

12月20日（日）

日曜日。晴れているけど寒そう。

一日、ゴロゴロ家にいる。M-1グランプリがあるので楽しみ。サクは今日も釣りに行った。最近、よく行ってる。

午後、カーカとズームで動画を撮ってから、M－1を敗者復活戦から見る。昨日の方式でまた苺のショートケーキを作る。組み立てる、っていう方が近いか。

11時ごろ、サクが帰ってきた。豊洲《とよす》に釣りに行って、帰ろうとした頃に小学6年生の男の子が来て一緒に釣っていてこんなに遅くなったそう。その子は近くのタワマンに住んでて、魚釣りがとても上手で、サクたちに釣り方を教えてくれて、シーバス(すずき)を1匹くれたって。これから中学受験だからしばらく釣りはできないと言ってたと。で、そのもらったシーバスを見た。ものすごくきれいで新鮮に見える。すぐに捌《さば》き始めたが、動き始めたので「生きてる！」と飛び上がったサク。怖がってる。

「なんで生きてるんだろう」

「保冷剤が冷たかったから固まってたのかな。いつ釣ったの？」

「2時間前ぐらい…」

で、動画を見て即絞めのやり方を確認して、ビクビクしながらどうにかやり終える。たどたどしく3枚におろして塩焼きして食べてた。ちょっと塩をかけすぎたと言いながら。小さかったけどふわっとやわらかそうだった。

12月21日（月）

プールのない日なので集中して仕事をしよう！と思う。思いつつ、またダラダラしてしまう。

そして、郵便局に荷物を出しに行く、最近、近くの郵便局の受付に新入社員らしき男女が入り、とても丁寧に対応してくれるので行きやすくなった。前によくいた白髪交じりのちょっと怖いお姉さんの時はビクビクしたものだった。面倒な郵便物を送る際は、機嫌悪そうで気を遣ってしまい。で、今日も若い人でよかった。丁寧にやってくれた。列で待つ間、ボードに貼ってある切手の見本をじっと見る。ひとつ、気になるのがあった。おいしそうな食べ物の切手。タッチも優しい。より近づいてじっと見た。気になりつつ、帰る。

買い物。今日は何にしよう。お腹がすいてないから何も浮かばない。スーパーの通路をさんざんクルクル迷って最終的に、私には珍しいものを作ることにした。簡単ポテトグラタン。芽キャベツのソテーとひき肉を入れよう。

仕事の合間に料理する。

ひき肉を炒《いた》めてハンバーグっぽい味にした。ポテトは薄切りにしてレンジに4〜5分かけてからフライパンで炒める。そこにバターを入れ、小麦粉をパラパラ撒《ま》き、牛乳を入れる。簡単ホワイトソース。芽キャベツのソテー、ひき肉、ホワイトソースポテトをグラタン皿に詰めて、チーズを振りかけてオーブンへ。

まあまあおいしくできた。

12月22日（火）

朝9時。サクが難しい顔をして起きてきた。いつもは11時ぐらいに起きるのに。

「どうしたの？」

「ピアノ」

と言って、外に干してたカバンから耳栓を出している。

「また？」

どれどれとサクの部屋に行って耳を澄ます。上の部屋からかすかに聞こえる。

「聞こえるね。でもこれくらいだったら別に…」

「もっと大きくなるんだよ」

「へえ〜」

まあ、もう9時だから。

ジムに行く前に郵便局で荷物を出す。そして、昨日気になった切手（63円のシート）を買った。「おいしいにっぽんシリーズ第2集　札幌」と書いてある。トウモロコシ、白い恋人、夕張《ゆうばり》メロン。じっくり見てもかわいい。そうなると第1集も気になるところ。

プールに行って軽くウォーキング。サウナに入ったらガンジーさんとスピリチュアルSちゃんが話し込んでいた（みんな口にタオルを巻いて）。

昨日、土星と木星が大接近してなんたら…とスピリチュアルSちゃんが言う。そうすると何かがガラリと変化するらしい。

「何か感じましたか？」とSちゃん。

「なんにも。そういうのって今までも何回もあったよね」と私。

「でも何百年に一度なんですよ」

ふう〜ん。私は興味なし。でも和やかに聞く。

午後2時。サクと近くのソフトバンクのお店へ。

昨日、スマホ料金に学割が適用できないかとサクがふらりと高田馬場《たかだのばば》のお店に聞きに行ったら新しい電話を契約させられたそうで、今まで使ってた私名義のスマホは解約してくださいと言われたのだそう。

それで今日、近くのお店へふたりで行ったら、新しい電話を契約しなくても今持ってるものを名義変更して学割ができると知り、ふたたび一緒に高田馬場へ移動して、昨日の契約のキャンセルをお願いしに行くことになった。

なんか…ものすごく複雑で面倒くさいことに。

でもしょうがない。電話番号を変えなくて済む方がいいよね。

電車に乗ってトコトコ。

やっと着いて、しばらく待って、「すみません」と言ってその旨を告げる。そして結局、「明日、必ず電話しますから来店日を決めてまた来て下さい」と言われた。

なんか心配になって、「その時に本当にキャンセルできるんでしょうか」と聞いたら、「大丈夫です」とのこと。一応、ホッとする。

なにしろ名義が私だったからいろいろ複雑になってしまった。今回、サクに名義変更をしたらもうこんなことは起こらないだろう。

「疲れたから帰りはタクシーでいい？」とサクに聞いて、タクシーで帰る。

よかった〜。

タクシーの中から渋谷駅周辺をながめる。宮下《みやした》公園が新しくなったミヤシタパーク、一度歩いてみたい。暖かい日にでも。

髪をカットしてくると言うサクと駅前で別れて、ついでに買い物。サクがソフトバンクで疲れたので駅ビルのスーパーでおいしそうな海鮮丼を買う。サクがソフトバンクで待ってる間に料理雑誌を見て「エビチリ食べたい」と言ったので、エビとエビチリソースも。

駅のコンコースでいくつかのケーキ屋さんがクリスマスケーキを特別販売していた。最近私が凝っているスポンジと生クリームと苺《いちご》だけのケーキがあったのでじっと観察する。その中でもいちばんおいしそうだと思った「千疋屋《せんびきや》」の苺のクリスマスケーキの小を「味の研究だ」と称して一個買う。4860円とやはり高い。となりのは2800円ぐらいだったから。

おいしいにっぽんシリーズが気になって、郵便局のサイトで第1集を調べる。福岡だった。鍋《なべ》とかいろいろ。でも札幌の方がかわいい。そのまま他の切手も見てみた。スイーツのがすごくいい。あんトースト。これも欲しいなあ…と見ていたら、雪の景色とか、他にもかわいいのが次々と。ほしいかも…。これはいかん！

キリがないと思い、いったんサイトを閉じる。

また偶然に出会ったものにしよう。

千疋屋の苺のケーキ、食べました。

ふわり、パクリ、サラリ。

きめ細かいスポンジ、丸ごとの苺、軽い生クリームのみ。さすが素材のよさか。シンプルで余計なもの一切なし、雑味なし、って感じ。

12月23日（水）

朝、布団の中で思った。

支えることは、支えられること。

例えば、弱いものを育てたり、誰かを支えている時、人は「しっかりしなきゃ！」と強く思える。大変なことでも、力が湧いて、強くなれる。

そして、のちに気づく。弱いものを支えていた時、同時にその弱いものから自分が支えられていたことを。一方的ということはなく、必ず相互で関係は成り立つ。

自分だけが損する、という関係は実はないのだ。

犠牲になっていると思う時、その時にはわからないことがある。

いつか気づくことがある。だから、不条理を感じても、とにかくいつの時でも、一生懸命にやることだ。目の前のことをただひたすら。そしてあきらめずに改善策を考えよう。

朝食にピーマンの肉詰めを作って食べていたら、サクが起きてきた。

「サク。昨日のソフトバンクのバタバタ。ずっと考えてて、何が問題だったかわかった。肝は、サクの携帯の名義がママだった、ってこと。そこに学割のことを聞いたので、店と客の思惑がちょっとずれてしまい、なんだか複雑になっちゃったんだよ」

「もうわかった」

「うん。じゃあ、もういいね。面倒だったら、名義人の承諾が得られなかった、って言えばいいよ」

郵便局へ。最近、ものを整理整頓《せいとん》している私。

サクの今年のお正月の福袋に入っていたダサいニットベストを、捨てるよりいいかと思いメルカリに出したら、980円では売れなくて、どんどん安くして800円にしたらやっと売れた。そしたら「可能な限り雨対策をお願いします」とコメントされたので、ビニール袋2枚、油紙の袋2枚、の4重に厳重に包んでゆうゆうメルカリ便で出した。

そして、よく考えたら、品代800円だから売り上げは720円。そして送料が800円。ということはマイナスだ。あわてて調べたらマイナス分はメルカリが補填《ほてん》するらしい。私には売り上げゼロ。

しまった。また間違えた…。送料のことをいつもうっかりしてしまう。

プールに行く。水曜日は人が少ない。

プールの端と端のふたりしかいない時間があったので、バタフライの練習をする。ちょっとコツがつかめた気がした。ドルフィンキックをもうちょっと強めにやると、前に進むみたい…。考えながら、何度か練習した。

しばらくして、ウォーキングしていたらまるちゃんおじさんが来た。

「年末年始のここがお休みの時はどうされますか？　今そこで、みんな、『おふろの王様』に行くっていってましたよ」と私に言う。

「ああ。そこ、前に何度か行ったことがあります。岩盤浴がいいんですよ。岩塩の部屋とか貴石の部屋とかあって、おもしろいですよ」と教える。

帰りに買い物。

明日用の材料も買っておこう。明日はクリスマスイブだから混みそう。なので買い物は今日済ませたい。鶏《とり》のもも肉を買った。動画で見たレモンと塩でマリネしてグリルするのを作ってみたい。


家に帰って、お昼ご飯を食べながら考える。

メルカリでもう安いものは売らない。エネルギーの無駄だ。バカらしい。で、安い品物はバッサリ、出品から消した。5つ残った。これも別に売れなくてもいいし。


コタツに入ってぬくぬく、ゴロン。

メルカリの商品をつらつら眺める。メルカリで売り始めて、買うのもまた始まった。見ていると買いたくなる。これいいな、これかわいいな。これ、アマゾンではいくらだろう？　比べてみよう、と興味は尽きない。

で、いくつか、購入ボタンをポチリと押してしまう。失敗もある。そしたらもう次からは慎重に！としばらく抑える。そしてまた眺める。この木の切り株、かわいい。白樺《しらかば》の切り株。

切り株を買った。届いたら、あれ？　思ったよりも小さかった。

シルバーの箸置《はしお》き。届いたら、アルミだった。

童話の本。届いたら、すごく古い匂いがした。

まあ、売って、買って、お互い様か。時々、ヒット。時々、三振。デッドボール、大失敗。

でも楽しい。

ポチ、ポチ。いろいろ買ってしまった。今までに売って貯めたポイントで。物々交換にも似ている。

古いガラスのクマの置き物、インドの手作りの鉄製の小物、アンティークのシルバーイヤリング、竹製の細い箸。どれもしばらく迷って、考えに考えた末の買い物だ。私は珍しくてかわいい一点ものや手に入りづらいものを探すのが好き。

メルカリの買い物の楽しみについて考えてみた。掘り出し物を安く買える喜びだ。発見する楽しみ。失敗もあるけど、画像の見方、出品者とのやりとり、過去の出品物などで予想をたてる。

そして最後は賭《か》けだ！

吉と出るか凶と出るか。ドキドキ。この感じ、子供の時のプレゼント交換にも似ている。

12月24日（木）

プールに行って、今日は買い物はしないで帰る。

サクは友だちとクリスマス。

私はひとりでいろいろ。クリスマスは関係ないな。でも、チキンをレモンと塩でマリネした。30分ほど漬け込んだら焼こう。


焼きました。ちょっと焼きすぎたか！　黒い。

12月25日（金）

プールへ。今日は人が少ない。

まるちゃんがやってきた。世間話をするのが面倒なので滝に打たれとく。このままだと会うたびにずっと世間話をしなくてはいけなくなる関係になってしまう。ちょっと変わった人だと示さなくてはいけない。そのちょうどのタイミングなのだ。

その後、あおむけに浮かんでぼーっと瞑想《めいそう》状態。かなり長い間ぼーっとできた。

リラックスできた。

12月26日（土）

プールに行って、ちょっとバタフライ、そして歩く。たまにネコ泳ぎ。

家に帰ったら、封筒が届いてた。メルカリで買ったヴィンテージのシルバーイヤリング。おお。楽しみに開けたら、なんと軽い軽いプラスチック製。

あら！　おもちゃ？

バカみたい…。シルバーって、色が銀ってことか…。直径3センチだから耳に重いかもと心配してたほどだったのに。だから売れてなかったんだ。みんな頭いい。ちぇっ、と思ってガッカリ。でもつけてみたらそう悪くない。しょうがないから頻繁に使おう。いつか。三千数百円だった。

全日本選手権。羽生《はにゅう》くんのフィギュアスケート、ひさしぶり。きれいで軽やか、圧巻の演技。まさに人々のために神に祈る人、苦しい時ほど力を出せる人、光を届ける人、と思う。

12月27日（日）

午前中、カーカとズームで動画を撮る。途中、サクが起きてきたので3人で。

それからプール。

今日は日曜日。そのせいか人が多い。珍しくにぎわってる。スピリチュアルSちゃんがいたのでネコ泳ぎを見せてあげたら驚いてた。

Sちゃんとちょっと話す。外食の話になり、「ほとんど行かない」と答えると、Sちゃんはたまにデリバリーを頼むという。

「このあいだ、ふかひれで有名な○○楼にあんかけ焼きそばを頼んだんです。アツアツでした。それと春巻も。北京ダックも4枚から注文できるんですよ。そして持ってきてくれたのがきちんと制服を着た人だったんです！」と言う。

へえ～。

お風呂《ふろ》にも人が多く、活気を感じた。


帰りにスーパーへ行ったらレジに長い列ができていた。お菓子コーナーを越えて、次のエリアまで。こりゃだめだ、と感じた私は冷蔵庫の中の食材をとっさに思い出して今夜のおかずを組み立てる。そして、何も買わずに家に帰る。

冷凍庫に入ってる銀だらの西京《さいきょう》焼きと竹輪明太子《めんたいこ》にしよう。

12月28日（月）

午前中、プール。

人が少なく、一瞬、私とガンジーさんとまるちゃんだけの時があった。まるちゃんが入って来た時、軽く挨拶《あいさつ》したら、今日は興味深い話題だったので興味を持ち、そのまま話し込む。昨日、レコード会社の人に会ったら、その人、40代で、この春にコロナにかかったのだそう。インフルエンザよりも5倍苦しくて、ひと月仕事にならなかった、感染したのは街のサウナで、そこにいた3人全員罹患《りかん》した、そう。

「だからやっぱりおふろの王様はやめました。大人しくしときます」と言う。

へえ～。

サウナではガンジーさんたち。コロナがじわじわ広がってるから気をつけないとね…と。


午後、サクと近所のソフトバンクへ。

やっと、名義を私からサクに変更した。で、学割は結局、今のままでは適用できなかった。携帯のプランって複雑で、ちゃんと調べてみないと難しいね、と話す。

「もう自分の名義になったんだから今後は自分で他のところも含め、安くなる方法をいろいろ調べたらいいよ」とサクに助言。ソフトバンクの支店ってそれぞれの色があるらしい。確かに、高田馬場のあのお店はめちゃ昭和っぽかった。

帰りに買い物。晩ごはんどうしよう…と考えながら。サクがお腹空《す》いたとお弁当を買おうとしたので、「そうだ。中華料理屋さんのデリバリーができるとこあるんだって。そこから取らない？」と思い出し、そうすることにした。

5時開店だったのでそれまで待って、電話をかける。ふかひれが名物らしいので、ふかひれ入りあんかけみたいなの、エビマヨ、チャーハン、春巻にした。

来た。

ホントだ。蝶《ちょう》ネクタイをした立派な紳士が運んできてくれた。緊張する。恭しく受け取り、お金を渡す。エビマヨとチャーハンと春巻はおいしかったけどふかひれが（わずかに）入ってるドロドロしたものはあまり美味《おい》しいと思わなかった。

でもまあ、おもしろかった。

昨日のドロドロに水を足して中華スープで味を調えて玉子で閉じたら天津飯《てんしんはん》みたいになっておいしかった。

12月29日（火）

さて、今日は年末、最後の買い物の日（私の計画で）。

開店3分後に行ったら、もう人が大勢いた。

おお、と思いながらカートを押して、メモを見ながらカゴに入れる。

今朝、サクにスーパーのチラシのおせちを見せながら、「かまぼこはいらないよね？」と聞いたら、「あってもいいんじゃない？」と言うので、それもメモ用紙に追加した。「あと、鴨の…」と言うので、鴨の煮たみたいなのを追加。「数の子を食べたい」。それは書いてる。

ところどころで人をかき分けて、どうにかすべてカゴに入れる。

レジはまだ並んでなかった。レジ中、ひとつ、入れ忘れに気づき、あわてて取りに行く。このスーパーは、買い忘れに優しい。いつも「あ！　忘れた！」と言うと、「いいですよ」と次の人の迷惑にならないようにサッとカゴを立てて対処してくれる。この点は特に素晴らしい、と私は評価している。

「やっぱり人、多いですね〜」と、レジの方と話す。

「そう。でもまだまだ、明日、明後日が大変よ」

「疲れないように頑張ってくださいね」とエールを送る私。


そのあと、特設コーナーで数の子を買う。ここでこれ、と決めていたので早い。小銭が20円足りなかったので、言ったら負けてくれた。

ふと見ると、隣のお店に煮だこがあったのでそれも買うことにした。お釣りを待つあいだ、売り場のおばちゃんとしゃべる。まだここまでは人がおし寄せていないのでゆっくり話せた。今日、しめ縄を買う人が多いらしいが、おばちゃんの会社では「もう先に、大安の日に飾ったのよ〜」と話してくれた。


家に帰ってホッとする。やっぱり人が多いと疲れる。気持ちが焦るしね。

冷蔵庫にそれぞれしまう。

よく考えたら、レタスも買っとけばよかった。あと、最近好きなはちみつおかきも。歯磨き粉もなくなりかけてる。夜、閉まりかけは人が少ないと聞いたから今日の夜ギリギリに買いに行こうかな。

家で映画「グッドライアー　偽りのゲーム」（ちょっとおもしろかった）を見てから、7時半に行ってきました。

確かにもう混んではいなかった。レジも並んでない。買い忘れたものをいくつか買う。残念ながら、はちみつおかきは売り切れだった。買うつもりのなかった三つ葉もなんとなく買った。香りがいいのでね。

夜は、トマトすき焼き。

作り方を見て興味を覚え、作ってみたら、かなりおいしかった。

12月30日（水）

今日は大掃除の予定だったけど、サクがいなかったのでゴロゴロしながら映画を見る。「私がこわされるとき」「ジェニーの記憶」、まあまあ。

ほとんどコタツにいた。大掃除は明日にしよう。

夜はまたチキンをレモンでマリネしてグリルしたやつ。

明日は大晦日《おおみそか》。

日本海側に大雪警報。

12月31日（木）

大晦日。空は青。

静かで穏やか。


音声ブログ「静けさのほとり」で今年を振り返り、しみじみと語る。

コロナで一変した世の中だけど、振り返ると結局、毎日何かしらやりながら一日一日が過ぎていった。明日からも何かしらをやりながら毎日を過ごすだろう。ただ目の前のことをやっていこう。

コロナで、かえって背中を押された格好になった。来年の春から宮崎でやりたいことがたくさんある。今はとても楽しみ。

子供が独立し、部屋代もかからなくなる。春からは自分がひとり、生きていければいいのでとても気が楽。貯金も少なくなったし、身軽でちょうどいい。

4月を思うと、晴れやかな気分。

自分の部屋を掃除してたら、サクが珍しいほどのニコニコ顔でやってきた。そして、

「今日の感染者数、見た？」と言う。

急いで見ると、1300人以上。増えてる。

夜はかき揚げを作って私はかき揚げ丼。サクはかき揚げそば。

ローストビーフを作って、手順通り、コタツで温める。

1月

2021年1月1日（金）

正月だ。
どうよ。これが今年の正月だよ。
泣いても笑ってもこれですわ。
何はともあれ空は晴れ。
とてもさわやか。
ゆっくりとお雑煮を作り、イクラなどを小皿で食べる。

ずっとゴロゴロして過ごす。

昨日の夜中から友達とドライブに出かけたサクが帰ってきた。山中湖《やまなかこ》から富士山と日の出を見たそう。
写真を見せてくれた。太陽の光が金平糖《コンペイトー》のように見えてとてもきれい。御殿場《ごてんば》のアウトレットモールに寄ったら人でものすごく賑《にぎ》わっていたって。

1月2日（土）

今日もいい天気。

そして今日も映画と読書。

映画は「ミッドナイト・スカイ」を見た。未来の地球と宇宙。環境が破壊され、過酷な状況。こういう映画を見ると気持ちが引き締まる。地球上の生物が死に絶えるなんてことは自然現象でも起こりえるってこと。今日一日をありがたく生きよう。

おやつにリンゴのソテーとバニラアイス。おいしい。アメリカの大統領選を庶民目線でレポートしてくれる沖縄の若き女性、我那覇《がなは》さんのYouTubeライブを見ながら作る。6日にアメリカで何が起こるか、楽しみ。

夜はカレー。簡単な。

1月3日（日）

さらに今日もいい天気。そして今日も家でゴロゴロ。あ、仕事をするんだった。午後、しよう。

昨日の夜中に目が覚めて眠れなくなり、読書したり…。

まったく眠くなく、目が冴《さ》えてしまった。明け方、どうにかウトウト。夢も見た。

ずっと家にいて昨日と同じように過ごしていたら、夕方になってすぐに暗くなった。

夜はミートソースパゲティ。

コロナ陽性者数が増え、緊急事態宣言がでるかどうか、でるならいつ?というところ。

緊急事態宣言が出ても出なくても私の生活はあまり変わらない。あ、ジムに行けなくなるのかな?

でも私は3月までの3ヶ月は引っ越しの準備をする予定なのでどちらにしてもほとんど家にいることになるだろう。

3月までここで過ごせば、4月からはお金があまりいらない暮らしができる。そうなったらものすごく気楽だ。社会のレールから飛び出せる。ついに、「外的要因に左右されない個人的幸福の試み」を実践するために生きられる。

貯金がきれいに減ったのも運命の流れだと感じる。お金が減って身軽になった。身軽になってせいせいした。私は必要以上のお金を持つのに向いてないと思う。負担に感じるのだ。今必要なお金と、いざと言う時のお金が少しあればいい。

本当に人生の次の段階に入る時だ、と感じる。

大きく展開。

舞台で言うと、幕が下りて、開いて、新しい舞台セットに変わるところ。3部構成だとしたら3幕目。

どんな演目になるのだろう。

1月4日（月）

今週中に緊急事態宣言がでるみたい。

今日もいい天気。


ゴミ掃除隊という人がゴミ屋敷を掃除する動画を見た。

すごい速さで袋にゴミを詰めていく。部屋の端まで高くつみあげられていたゴミ。これほどのゴミをためるのには時間もかかっただろう。時間とエネルギーを目で見ているようだった。このゴミ掃除隊は、明るくゴミ屋敷の掃除をしたいという理念の下、はつらつとしたさわやかなゴミ掃除を実践しているそうで、その気持ちにも賛同する。

それにしても、ゴミを通してまさに人生そのものを見ているようで、人の生きてきた時間をこのような形で見ることができ、いろいろ感じることがあった。

台所用品の便利グッズの動画も見る。たまにこの手の動画や、お掃除動画なんかを見てしまう。便利グッズはついついメモして買ったりするが、便利な道具は使いこなしてなんぼというもの。買ったけど使いこなせなかった道具も過去にはたくさんある。便利なものには日常の中で自然と出会いたい。自分で出会うことがいちばん大事だ。自分で発見すること。便利であることを自分で発見できるためには、その前にその分野にある程度精通している必要がある。

そこまでの流れが大事だ。

なんでも簡単ということはない。簡単に手に入る物は、得るものも少ない。上手《うま》くできている。

カーカが今日、免許更新したそうでラインで免許証の写真を見せてくれた。服が青。背景よりもちょっと濃い青。

「青！　ママ方式にしたの？　首が浮かんでるように」

ちがった。偶然だって。

私の免許証の写真を送る。免許証の写真は青い背景で写されるので、私は免許証の写真を撮る時、首だけが浮かんで見えるように背景のブルーに合わせた服を着ていった。5年計画で。でもわずかに服の色が薄くて、浮かんでるようには見えず残念だった。

「バイカラーだね」とカーカ。

夜。カーカとYouTube動画を撮る。質問コーナー。

1月5日（火）

今日は新橋《しんばし》演舞場に「初春海老蔵《えびぞう》歌舞伎」を見に行く。

こうなったのには理由がある。

前回の質問コーナーをカーカと録画していた時、読者の方から「華やかな体験をして報告してほしい」というような要望があり、カーカが「海老蔵一家の歌舞伎を見てみたい」と言うので、私がすぐにサクも入れて3人分のチケットを買ったら、カーカとの連絡の行き違いがあって、その日は仕事で行けないと言う。で、どうしようと困って、なごちんに一緒に行ってもらうことになった。

私、サク、なごちん、という特に行きたいと思っていなかった3人だが、トコトコと観劇へ。

見終えた。

観劇はやはりいい。いつにない気持ちになれる。非日常の空間でいろんな思いがわき起こる。

売店でべっこう梅飴《あめ》やお煎餅《せんべい》などたくさん買ってしまった。

サクと別れ、なごちんと近くにあったお店で遅いお昼、パスタランチを食べる。そこはうらさびれたお店で味もあまりおいしくなかった。気を取り直して、銀座《ぎんざ》三越《みつこし》へ。ぶらぶら眺めてからお茶を飲む。人出は多くない。ひさしぶりにいろいろ話せてよかった。

あさって、緊急事態宣言が出されるそう。

1月6日(水)

将棋の日なので家にいる。

でも将棋はあまり見ないで、テレビでコロナ関係の報道の方をよく見てた。宮崎県の陽性者も80人と、どんどん増えてるなあと思う。

釣りに行ったサクが小さなメバルを1匹釣って帰ってきた。すごく寒かったそう。から揚げにしてた。

夜、昨日の歌舞伎の感想をサクと動画で語る。よかったって。でしょう?

孔子《こうし》の言葉「邪悪にののしられたら誇りに思うべき」をベースにして「私は彼らの憎しみに陶酔する」と言ったというアメリカの政治家。悪者から褒められたらその人は悪い人かもしれない。悪者から嫌われたらその人はいい人かもしれない。

1月7日（木）

やるべき仕事をやる期間。

やる気になるように気持ちを整える。


すごい風。

強風だ。

さて、買い物に行こう。

サクを誘ったら一緒に行くと言うので、ついでに近くの小さな神社というのか、小さな小屋みたいな神社で初参りをする。「家族の幸せと健康〜」とわざと声に出して拝んで顔を上げたら、サクが長いこと真剣に何かを祈ってたので、ちょっと笑えた。

スーパーで豚キムチの材料を買う。先日作ったらとてもおいしかったのでまた食べたい。

強風で変な音がする。ゴーゴー言ってる。

思わず空を見上げる。

3歳ぐらいの幼児たちがお散歩していた。そこにまた強風が。パタパタ走って先生のところへ集まる子、キャア〜と泣く子、転ぶ子。かたまりがほぐれて、また集まって。まるでヒヨコの群れが移動しているみたいで大変にかわいらしい。

4時ごろ、遅いお昼にカルボナーラスパゲティを作る。食べ終えたサクが、「これ、なにご飯?」と心配そうに聞いたのが笑えた。

「お昼ご飯だよ。夜、お腹すいたらまた作るよ」

トランプさん、崖《がけ》っぷち。四面楚歌《しめんそか》。

「みなさん。誰も傷つけないように。平和に家に帰ってください」というおだやかなツイートさえ停止処分を受けている。もし不正をした人が選挙に勝つのだとしたらとても残念。幼児虐待、賄賂《わいろ》、脅迫など悪いうわさが渦巻いているのに。

朝、モーニングショーの羽鳥《はとり》さんが真っ青なネクタイをしていたのが印象的だった。

夜、首都圏に緊急事態宣言が発令される。

1月8日(金)

今日も家で仕事。

強い寒波で全国的に大雪。宮崎の家でも降ってるかもなあ。

読者の方から、かわいい写真をいただいた。それはマイクロ胡蝶蘭《こちょうらん》で、「アップで見たら小さな宇宙人がそっと両手のひらに蝶《ちょう》を載せているように見えました」と。

まさに！

宇宙人には親近感がわく私なので、大事に保存する。

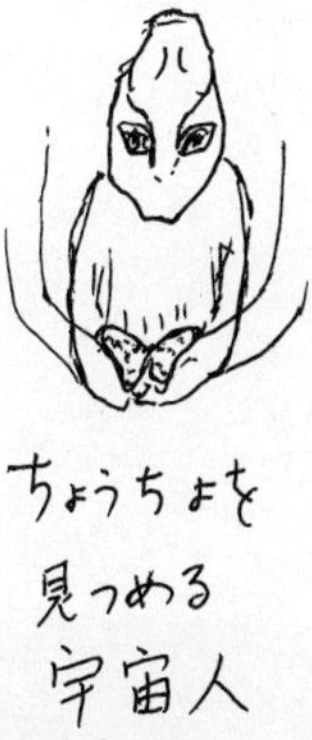

筆ペンを使っていて、ペンの後ろに刺していた蓋《ふた》が落ちた。持ち上げた時に背中の方に落ちたなと思って探すけど、見つからない。ものすごく探した。ソファの下も。コタツの中も。服も脱いで探した。

ない。

ない。

そして、やっと見つけた。

どこに？

髪の毛の中に。手を頭にのせていて、蓋が、結んだ髪に落ちたのだった。

1月9日（土）

トランプさん、まだ可能性があるという。私も見守りたい。
さて、仕事しよう。
ちょっと進んだので、ひと息ついて買い物へ。
今日はコートを買う。
昨日、試着しておいた。私は今、コートがひとつしかなく、それは軽くてよかったんだけど、フェルトのような黒い布でできていて毛玉がたくさんついてしまった。なんだかへたってる。みすぼらしいと言えるほどかもしれない。

いや、言える。安くはなかったブランドのコートだけど、そういう意味では長持ちしないコートだ。

それで新しいコートがほしいな…と思いながら、いつも前を通るお店をガラス越しに見ていたら、よさそうなのがあった。

で、そこに入ってみたら、そこの店員さんは気取っていて冷たく、試着する気も起きず、すぐに出て、その隣のお店のコートを見た。そこに、ナイロン素材の薄いダウンのコートがあって、これでもいいかと思い、昨日、試着したのでした。そのお店の店員さんはやさしかった。

それで今日、買いに行ったのです。昨日の店員さんはいなかったけど、今日の方もいい人だった。このショッピング街にお客さんはほとんどいない。コロナのせいもあるけど、その前からいなくて、気の毒だった。


次にスーパーへ。お肉の日だったのでお徳用お肉セットを買う。あと、レタスとか。

お昼にナポリタンスパゲティを作る。

午後も時々仕事。

最近ずっとコタツに入って過ごしていたせいか、むこうずねの外側の筋肉がパンパンに張っている。先日、サクにそこを指で強く押してもらったけど、それでもあまり効かなかった。何かいい方法はないかなと考えて思いついた。

テニスボール。前にストレッチ教室でよくやってたテニスボールを使った筋肉の指圧をやってみよう。

たしかここに…。あったあった。硬式テニスボール、2個。

1個を床に置き、むこうずねの外側のパンパンに張ったところにあてて、体重をかける。

ギャアー、いたーい。

いたーい。

いたーい。

と思いながらしばらくあちこちを押す。

終わって、なんとなく軽くなったように思う。まだ全然硬いけど、これから毎日、思いついた時にほぐしていこう。

1月10日（日）

晴れ。静かな空。

今日も仕事だ。がんばろう。

コツコツやったらだいぶ進んだ。うれしい。

外は寒そう。北陸は大雪。感染者は増えている。

窓から冷気がやってくる。


トランプさんのアカウントがYouTubeから削除される最後の動画の中で、「私たちの不思議な旅は始まったばかりです」と言っていた。その動画のトランプさんのメッセージは、慎重に組み立てられた、心のこもった暗号のようだった。

1月12日（火）

プールに行って、買い物して、家でゴロゴロ。

YouTubeライブに憧《あこが》れていて、私もやりたいけどどうしたらいいのだろう…と今日の夕方、PCをいろいろいじっていたら、ふと、できた。

初めて、30分ライブをやる。見に来てくれた人がいて、緊張しながら質問に答える。

1月13日（水）

今日も、プール、買い物、家。

メキシコとの壁のところでの演説を聞いてトランプさんは敗北したかもと悲しみムードが広がっている。

今日思った重要なこと。

想像でアドバイスしてはいけない。何かを相談され、自分がそのことについて真剣に考えたことがないのに、つい想像でぺらぺらとアドバイスすることってある。特に話すのが上手な人や教える立場にいる人などは、何を聞かれてもまるで知ってるかのように話す。説得力のあるようなことを言えるし。

でもそれはいちばん不誠実な回答だと思う。真実のように見えてそうじゃない。それは言ってはいけないことで、そういうアドバイスが世界を複雑化させてしまうのではと思う。しかもそういう教師的気分の人たちは自分が実は知ってもいないことを話しているってことに気づいてない。

私が今日、直接的にも間接的にも経験したことのない、聞いたことはあるけど、それについて深く考えたことのない大きな事件後のＰＴＳＤみたいなことを相談されて、真剣に考えたのち、「経験がないから簡単に答えてはいけないと思う。だからアドバイスはできない」と返事したことから、そのことを深く考えた。想像で答えることはできるだろうけど、それはいちばんしてはいけないことだと思う。

1月14日（木）

プールに行って、買い物して帰る。買ったものは夕飯用の牡蠣《かき》。牡蠣のアヒージョを作りたい。それと12の味がアソートされた紅茶。

今日も窓から冷気が忍び寄る。

サクが「朝、まだ寒いんだけど毛布ない？」という。もうないかも。タオル地のブランケットを探し出して、それを持って行った。

夜。

9時ごろ。またライブをやってみた。つれづれノートのことや好きな詩集のことなど。質問に答えていたら1時間半があっというまに過ぎる。最後、釣りに行っていたサクが帰ってきて、東京湾で釣ってきた小ぶりの穴子を披露して終える。お疲れ〜。

さっそく自分で捌《さば》いて煮穴子を作って食べていたが、できたものはごく小さくて、味は生臭かったそう。調べたら、ぬめりとりなどの下ごしらえをしなければいけないみたいだった。

1月15日（金）

今朝はとても苦しい夢を見た。この夢はたま〜に見る夢で、私の2大悪夢のひとつ、「犬を飼うことになった夢」だ。もうひとつは「結婚してる夢」。どちらもよっぽどトラウマでもあるのか…（笑）。

それは、とてもかわいいコロコロとした犬が泥だらけになって庭を走り回っていて、「何かご飯をあげなくては。きれいに洗って家の中に入れなくては。どうして犬を飼うことになったのか…」とぼうぜんとしながら見ている夢だった。

目が覚めて、夢でよかったと心底ホッとした。生き物を飼うという責任感で押しつぶされそうだった。

気を取り直して、人参《にんじん》サラダの軽い朝食後、プールで軽く歩き、サウナに入って、買い物して帰る。人出は少なかった。

買ってきた牛タン弁当を食べながらテレビをつける。入院患者用のベッド数がひっ迫しているという。私も、もし感染して具合が悪くなっても入院できないかもしれないと覚悟を決める。

それからどの局もトランプさんが暴動を指示したというニュースを流していて驚く。見慣れたニュースキャスターさんたちがこぞって怒りを表している。あのやさしげな女性司会者のなんとかさんも！

夢でよかった〜!!
犬！
かわいい
コロンとした犬
どろだらけになって
動いてる
何か
かんでる
犬、
かっちゃったんだ…
コロ
コロ

私が見た演説ではトランプさんこそが暴力反対を主張していたのに。

でも…、違う立場の人たちもそれぞれの信念に基づいて表現しているのだろう。どちらにしても戦いは嫌だよね。主張の違いがあるとしても、戦わず、平和的にと思う。

1月16日（土）

晴れ。空が明るくてビルが白っぽく輝いてる。

気持ちがよく、今日は片づけをしよう。

午後、プールに短時間行って、買い物して帰る。

夜ご飯は、海老《えび》入りトマトスパゲティ。

今日も釣りに行っていたサク、帰宅。今日は何も釣れず。でも釣り人は多かったそう。

夜、急に思いついて片付け。引っ越しに向かって、いらないものを処分する。

ヨガや運動のために買った服はこんなにいらないな。靴も、ずっと履いてないものは処分しよう。

1月17日（日）

台所の戸棚にウコンの粒（300粒入り）がある。二日酔いの時に大事に飲んでた屋久島産の春ウコン。ふと賞味期限を見ると、2012年12月だって。わあ。ずいぶん前だ。でも大丈夫そうなのであと40～50粒だから、ゆっくり飲みきろう。

アメリカ大統領選、ここ数日でトランプさんにいい情報が。で、なぜか私はここで興味をしゅるーんと失う。もうこれから後はどうなっても流れるままに拝見しとく。私が興味を持つポイントというのがあって、そこを体感し見届けたのでしょう。

今日は将棋の朝日杯だったことに気づく。見ながら片付けの続きをやろう。

見ました。午後の対局は因縁の豊島竜王だった。あの冷静沈着な。藤井二冠が勝って、準決勝進出。いい対局だった。ひさしぶりに興奮してパチパチと拍手する。

1月18日（月）

ミニマリストの動画など聞きながら服の整理。

私はミニマリストではないので物は多いが。

実は長らく捨てられない服があるんです。それは数年前に地元のしまむらで買った秋用ジャケット。ざっくりとした生地でできていて値段も安く（３９００円ぐらいだったか）、これはいい！と即買いしたもの。でもそれが、とても使いづらい。というのは、秋用なのに袖《そで》が7分袖。その点が実に着にくい。暑い日は暑すぎる。寒い日は袖が寒い。どちらの日も着られないのです。ちょうどいい気温の日だけ着られる服。でも、好きなのでいつか着たいと思っていた。このまま捨てるのは悔しい！リベンジだ！と思い続けてきました。そして、ついにこの冬は5回ぐらい着た。これからもこの存在を忘れずに着続けたい。

もうひとつ、捨てられない服。とても着やすいジャケット。でも色が暗くて、それを着ると顔色が悪く見える。でもするっと腕が通って、とても着やすい。なのでそれはたまに着てます。

捨てるのが悔しくて、着る服ってあります。まだまだ降参したくない。その服を買った自分を後悔から救いたい！というリベンジ。

そういう服を、時間をかけて自分になじませて着続けるのは楽しい。

一度あきらめた服を、寝かせて生き返らせる。

方法はまだまだあるぞ。

1月19日（火）

午後、プールへ。

昨日からYouTubeをいろいろ見ていて、やっぱりトランプさんむずかしいのかもなあ…と、ちょっと沈んだ気持ちで水中ウォーキングをしていたら、スピリチュアルSちゃんが外のジャグジーに入るのが見えた。

Sちゃん、陰謀論とか詳しいから、このもやもやを払しょくできるかもしれないから話しに行こう！と、いそいそとジャグジーへ。

そして、「トランプさんが既得権の悪を駆逐してくれるとして、それを期待してたけど難しいかも…」と言ったら、「まだわからないですよ」と。

そして私が、トカゲ顔の宇宙人がなんとかっていう噂が…と言ったら、Sちゃんはそれよりももっともっとディープな話（クローン有名人、ゴム人間、地下大空間、地下通路など）を次々と話してくれて、最後あたり、私はもう、「うん…うん…」と上の空。そこまでは期待してなかったわ。

私は現実とのすれすれのところぐらいでいいの。

そのあと、それぞれにプールで過ごして（私は気ままに泳ぎ、Sちゃんは何かのレッスン)、お風呂《ふろ》のスチームサウナでまた話す。駅の近くの小さな和食屋さんがお弁当を始めて、おいしいよと教えてくれた。トランプさんのことがはっきりしたらそこでご飯食べながらいろいろ語りましょう、と言う。

うん。

1月20日(水)

今日、読者の方のコメントに答えていて気づいた。

私が「顔が暗～く見える服があって、でも着心地がいいから捨てられない」と話したら、パーソナルカラーがなんとかって二人の方が言ってた。

そうだ。ずっと前にそういえば、私に似合う色を見てもらったことがあった。でも考えるのが面倒で興味を持たなかった。

でね、思いました。

私は、私が見て好きな服を着ているんだ。人が見て似合う服ではなく。

どんなに似合うと言われても私が好きじゃなければ買ってこなかった。

そして人が何と思おうと、私が、私から見て好きと思う服を買っていた。ということは、つまり私が着ている服は、人から見てダサくても、私がいいと思っている私らしい服なのだ。だから、どんなにパッとしないと言われても、私は私が好きな服を堂々と着よう！と今日改めて思った。

パッとしない服を選ぶ私でも、そこに私らしさがよ〜く出ている。自分の証《あかし》。人のためではなく、自分のために私は服を選んでる、ということがわかった。

サクがひまそうにしていたので「散歩いこうか」と声をかけた。で、行くことになった。

3時半出発。外に出て気づいた。はいてたのがペラペラのヨガパンツで、とても寒い。どうしよう。足がかゆくなるかも…。

「帰りはタクシーで帰る…」と言いながら歩く。

たらたら進んで4時ごろ自然教育園に到着。4時半閉園なのであと30分だ。

静かな冬枯れの森。

池を回る。池に白と灰色のサギがいた。サクがじっと見ている。

帰りがけ、売店の商品を見ていたら『草の辞典』というのがあって、庭でよく見る草花がたくさん載っていた。しかもその写真がいつも見ている感じに近くて、いいなと思い、購入。草花の事典って遠目だとよくわからないし、拡大されすぎてもピンとこない。ちょうどこのようにまるで現実に見ているように写っている写真のは初めて。

園内の道に木漏れ日が差している絵葉書も1枚買う。

「帰りはタクシーか、電車で帰りたい…、サクは歩いて帰っていいよ…」「これぐらい歩いたら」とサクが言うので、私はおずおずと訴える。園の前にいなげやがあり、その向こうにドン・キホーテがあって、ドン・キホーテにちょっと行きたいとサクが言うので行ってみる。中をクルッと見て、なにも買わず、いなげやで夕飯のおかずを買う。最近おいしいレシピを知った「スンドゥブチゲとミラノ風カツレツのどっちがいい?」と聞いたら、スンドゥブチゲかなあと言うので、牛肉の切り落とし、絹豆腐、キムチ、椎茸《しいたけ》、あさりを買う。帰りはそこからタクシー。よかった。

1月21日(木)

バイデンさんが何事もなく(大どんでん返しもなく)大統領になり、私はなんだかロス状態。気が抜けた…。虚しい。

なのでプールで誰かに会わないかな…と救いを求めて行ったら、ジャグジーにまるちゃんおじさんがいて、新しくできたというおいしいお寿司《すし》屋のランチを教えてくれた。こないだはすき焼きランチのおいしいお店を教えてくれてたっけ。ランチ情報に詳しいまるちゃんは、やっぱりまるちゃんおばちゃんだ。

夕飯の買い物して家に帰る。今日はミラノ風カツレツ。

最近凝ってるYouTubeライブで、「スピリチュアルについてゆる〜く語る」というテーマで1時間、たらたら話す。

1月22日（金）

トランプさんのことについて。

考えてみれば、政治にまったく興味がなく、ましてやアメリカの政治なんて別世界…ぐらいに思っていた私が、うん？ なんか変だな？と感じ、ここ2ヶ月ほど夢中になってアメリカの選挙のことを調べていろいろなことを感じたことを思えば、この選挙戦はすごい効果だったのではないか。他にもたくさんの人たちが初めて考えたと言っていた。やはりすごい影響力だったと思う。


昨日、まるちゃんおばちゃんに教えてもらったお寿司屋のランチにさっそくサクと行ってきた。まるちゃんおすすめの2500円ぐらいのランチ。小ぶりで食べやすくてとてもおいしかった。個室でサクも緊張せず、また来たい。

外はとても穏やかであたたかい。サクは釣りへ。

夜は軽めにしよう。

1月23日（土）

プールに行ったらQPさんがいたので水中ウォーキングしながらしゃべっていたら、スピリチュアルSちゃんがきた。手を振って呼んで、おいしい和食屋さんのことを話す。いつ行く？

今日でもいいよ。

で、電話したら開いてたそうで、5時にSちゃんとそのお店で待ち合わせ。楽しみ。

京風の味付けで野菜がおいしいという。

寒い。雪になるかもと天気予報で言っていた。

昼寝して、起きて、お店へ。

Sちゃんは来ていて、レモンサワーみたいなのを飲んでいる。

お造り盛り合わせ、うどの酢味噌《すみそ》、あん肝、カラスミ大根、湯豆腐、おにぎりなど、やさしい味でおいしかった。

途中、めったに鳴らない電話が鳴って、驚いた。

携帯に電話が来るのは宅配便ぐらいだが。で、見ると、「アメリカ合衆国、ワシントンDC」と書いてある。

ちょうどSちゃんと陰謀論のことを話していたので、超びっくり。出ようと思ってあわてて押したら間違って切ってしまった。また来て、出ようとしたら切れて、折り返しかけたら英語のテープが何か言ってる。Sちゃんに聞いてもらったけどわからなかった。詐欺かもしれないと、ハッと思いすぐに切る。調べたらやっぱりそうみたいで、折り返しかけると高額な通話料を請求される詐欺っぽい。どうしよう（国際電話代39円だった。ホッ…）。

でもおもしろかった。

いい感じにお腹いっぱいになって、雪になってるかと思ったけどまだ雨の、早い夜の町（7時半）を帰る。

1月24日（日）

朝起きても雪は積もっていなかった。

サクがコタツで耳栓したまま寝ていたので、どうしたの？と聞いたら、「ピアノ」って。また上の部屋からピアノの音が聞こえてる。でも9時過ぎてるからね。しょうがないよ。

プールに行って少し歩いて、QPさんとちょっとしゃべって、サクに頼まれたカレー屋さんのお弁当を買って帰る。

空気が冷たい。

1月25日（月）

今日は家で仕事する日。

と、思っていたけどなかなかやる気になれず、午後、YouTubeでライブラジオを。テーマは「ものごとは見方による、についてゆる〜く語る」という哲学的なもの。ちょうどお昼ご飯のあとだったのでさっき食べたもの（豚バラ肉とレタスの蒸し焼き）を話したら、みなさんも次々と昼ご飯のメニューを教えてくれた。それと宇宙のことやフラットアースのことも同時に話したので、ご飯軍団と宇宙軍団がミルフィーユ状態になりおもしろかった。

後半は子ども時代の苦手な遊び（ドッジボール、花いちもんめなど）の話で盛り上がる。あれ、哲学は？

1月26日（火）

春に植えたい野菜の種を注文したのが届いた。21袋。20種類、各1袋のつもりが、キャベツを間違えて同じのを2袋頼んでいた。ショック。その料金を郵便局に振り込みに行く。いまどき、商品が先に届き、支払いは後で、郵便振り替えというところがほのぼのしている。野口《のぐち》のタネさん。

プールへ。

いつもの友人たちともよもよ話す。今日はなんとなく気持ちが沈んでいる。今朝見たワクチンの話題が影響しているのだ。

ジムで時々見かける清楚《せいそ》な女性がいる。ほとんどしゃべらず、物腰はとても丁寧で、感情を表さず、不思議な人。その女性が先日、とても背の高い男らしい人と歩いていた。彼氏か。

そのあと、プールを歩きながらとっくりと思いに耽《ふけ》った私。昔だったら、素敵な男性と付き合っている人を見ると単純にいいなあという気持ちで見ていたが、今は違う。今は、人と付き合うということは、半分は我慢や譲ってることがあるんだろうなと思う。そして相手が素敵だったりカッコよかったり美しかったりすればするほど、こちらが我慢する割合は増える。素晴らしい人と付き合うと、素晴らしくない方（と言うのもなんだが）が、より譲ることになるのだ。きれいな女性と付き合う男も同じ。素晴らしさが同じぐらいだったら、まあ同じくらいか…。

なので、今は全然うらやましくはなく、かえって大変だな…なんて思ってしまう。

ということを今日、プールでQPさんにポツポツ語ったら、「そうやねん！　山ちゃん！」と我が意を得たりと言わんばかりに喜んでいたのでおもしろかった。

でもこの話は続きがある。その表面的なものの奥には複雑な内面世界が広がっている。カッコよく見えた人や強く見えた人でも複雑な弱さやコンプレックスや偏見を持っている。人間の複雑さは計り知れないので、そして変化するので、人と人との関係には同じものがない。そういう計り知れない関係の中でどう自分を安らかに生かせるか、そこが要だよね〜。うんうん。

先日Sちゃんと行った和食屋さんに明日のお弁当の予約の電話を入れる。電話の向こうでおばあさんと娘さんが忙しそうに言い合っているのが聞こえてほほえましかった。「売り切れてるのある？」「そんなのないわよ！」

1月27日（水）

夕方、買い物に出たら、まるちゃんがワインを急いで買っている場面を目撃。

先月買ったもので大失敗したものがある。

それは業務用かつお削り節。40センチ×30センチぐらいの大きな袋にたんまりパンパンに詰まっていた。お味噌汁のダシをとったり、お正月用の煮物にたっぷり使えると思って買ったけど、どんなにたっぷり入れてもおいしくない。まずい、と言ってもいいほど。不思議に思って何度も挑戦したけど同じ。あの削り節の香ばしいようなホッとするようなうまみが感じられない。

がんばって何度か、まとめてダシをとったが、まだ4分の1ぐらい残ってる。早く使ってしまいたい。…そう思って今、その袋をじっくり見たら、賞味期限が2020年12月17日だった。ぎりぎりだったんだ。だからか…。


プールで歩いてたら、まるちゃんおじさんが話しかけてきた。なにかおっしゃるけど聞こえない。レッスン中の声とゴーッという何かの音が大きくて。なので「え？」と聞き返しながら近づいた。すると繰り返してくれた。それでも聞き取れない。で、また「え？」と言いながら近づく。まるちゃんは手で四角い形を作りながら繰り返す。まだ聞こえない。困って、どうしようかと思ったけど、また「え？」と近づいたら、近すぎる！と思ったようで、まるちゃんはサッと後ずさった。

そしてそこからまた同じことを聞いてくる。今度はやっと聞こえた。「ランチのお寿司《すし》は個室では全部一度にお皿で出てきましたか？」という内容だった。

「ああ。はい。そうでした。四角いお皿に8個並んでました」

ああ、よかった。すんだ。

耳の遠い人だと思われたかもしれないし、実際、ちょっと遠い気もする。私は昔からうるさい場所で話しかけられるのがすごく苦手で嫌だ。

プールに人は少なかったけど、サウナはにぎわっていた。みんなでちょっと話す。お風呂《ふろ》から出て、バスタオルで体を拭《ふ》いていたら、となりのパウダールームの声が聞こえた。さっきのサウナで話していたおばあさんがガンジーさんに話しかけている。

「以前から思っていたけど、あなた、どんな人の話もよく聞いてあげて、いやな顔ひとつしないで、だれとでも話を合わせられて、素晴らしいわね。怒ったことないでしょう？」

「怒ったことないですね…」

「私がテレビ局のプロデューサーだったら、絶対にあなたをスカウトするわ」って。「ふふふ。でしょう？」と私は心でつぶやく。

Tカードのこと。

数年前に、Tカードを失くした。探しても探してもない。どこかで落としたか？思い当たらないが。ポイントがちょっとだけどたまっていたはず。悲しい。

で、Tカードに電話していちおう止めてもらった。それ以降、Tカードのポイントがつく場面に遭遇するたびに、悔しい思いをしたものだった。

そして今日、Tカードからメールがきた。規約改定の案内だった。そうだった。まだ会員のままだ。こういうのはきちんと退会したい。

で、調べてTサイトに電話した。アナウンスに従い、しばらく待ってたら、やっと人が出た。退会したい旨を告げると、調べてくれて、「ツタヤディスカスとツタヤオンラインに紐《ひも》づけされていますので、まずそちらの方を退会してから、こちらに連絡してください」と丁寧に説明してくれた。

了解。

で、ツタヤディスカスに電話したら混んでて繋《つな》がらない。

ゆっくりやろう。

いろいろな入会がたくさんある。入るのは簡単だが退会は面倒。時に迷路のよう。気をつけないと。退会を、時間がかかるけど、ちゃんとやろう。このめんどくささをちゃんと覚えといて、把握できるものだけと繋がっていなければ。

そういうことが大事。

夕方、昨日注文したお弁当を取りに行く。その前に、ついでに駅ビルの好きなお店へ。買おうかなと思ってメモしといた紙を見ながらじっくり検討する。よくよく見て、よくよく考えて、これはあれで代用できる、これは特に必要ないかも、これはもうちょっと様子を見てから、と判断し、今日は買わなかった。

小汚い雑居ビル（失礼！　でもホントにそうなの）のあの和食屋さんにお弁当を取りに行って、家に帰る。

まず、ちょっとつまみ食い。おいしい。あとでちゃんとしつらえて食べよう。楽しみだ。

温めたり、皿に移したりして食べた。盛りだくさん。

食後、机の引き出しを整理していたら、めったに使わない財布のポケットの中からTカードが出てきた。

あら！　こんなところにあったんだ。びっくり…。

失くしものがひょんなところから出てくることって、あるね。

1月28日（木）

トコトコとジムへ。

受付でいつものように手首の温度を測ってもらい、会員証を出したら、私の着ているトレーナーを見て、「顔が見ている」と受付の女性ふたりがざわめいた。いつもやさしく挨拶《あいさつ》を交わしているふたり。私が描いたイラストのトレーナーには、微妙な表情の顔がついている。

「笑っているような何とも言えない不思議な表情ですね」と大うけだった。

この顔は、ラインスタンプのために以前描いたイラストで、現在もユニクロのTシャツ製作アプリ「UTme!」で販売もしている（gironatsuo で検索）。同じデザインでTシャツやトレーナー、トートバッグなどを選べるようになっていて、私は灰色のトレーナーにした。顔の位置が下過ぎて失敗した〜と思っていたけど、そこがちょうど受付からよく見える位置だったみたい。

前に東海道《とうかいどう》五十三次を歩いた時、とろろ汁で有名な静岡の「丁子屋《ちょうじや》」さんでお店のおばちゃんが私の一太Tシャツを見て、「なに、これ。いいわ〜、癒《いや》されるわ〜、みんなに見えるように真ん中で食べなさい」と、とても気に入ってくれたのを思い出す。たまに私のイラストに反応してくれる人がいる。

サウナではダイヤママとガンジーさんと3人でゆっくり話す。

ひさびさに、人生って…、女性の結婚、離婚、瀬戸内寂聴《せとうちじゃくちょう》、コロナのこと…。ダイヤママは自慢屋だけど人生経験が豊富なのでたまに話を聞くとおもしろい。表情豊か、声音も豊か。今日もちょいちょい自慢話を挟んでいた。カルティエ、ラジオ局のプロデューサー。自慢話の部分はよく聞いてなかったのでうろ覚え。

帰りにスーパーで買い物。餃子《ギョーザ》用にひき肉と餃子の皮、紫蘇《しそ》など。

スーパーから出たところの通路をエスカレーターの方へ歩く。ベンチに通路の暗い方を向いてお弁当を食べているおじさんがいた。悲しそうに、寂しそうに見える。なぜそう見えるのだろう。ひとりで、ベンチで、暗がりで、黒っぽい服を着てて、中年で、お弁当を食べているからだろうか。

エスカレーターで地上に上がりながら、うーむ、と考える。もし、服が黒っぽくなくて派手な色だったらどうだろう。寂しそうではなく、変わった人、と思うだろうな。ひとりでいても寂しそうに思われないためにはどうすればいいのだろう。

みんなが、世界中のみんなが、ひとりでいても寂しそうに見えなければいいのにと思う。

メルカリでまた失敗した…。

ヒマでぼんやり見ていてついつい買ってしまった鉄瓶。1900円。安いと思い（安いってまず注意だね）。

寸法が書いてなかったのにいいふうに考えてしまって買った。それがさっき来た。箱を持って、やけに小さくて軽いなあと感じた。開けて見ると、鉄のやかんではなく、鉄の急須《きゅうす》みたいなのだった。ひとり用ぐらいのミニミニでちゃちっぽい。錆《さび》も出ている。おもちゃか？

うーん。腹立つ。確認しなかった自分に。いっそのこと捨てちゃおうか、と思ったけど、宮崎の薪《まき》ストーブの上で使えるかも…と思い直す。

悔しい。

もうこんな衝動買いはしないぞ。ミニマリストの「無駄なものを買わない」っていう話を聞きながら、自分にグリグリと説教する。


夕方、雨が雪に変わってた。積もるかな（積もらず）。

サクは寒い中、お出かけ。

夜はぎょうざ。焼きすぎて硬くなった。

1月29日（金）

晴れ。

今日は竜王戦なので家にいる日。

昨日の夜作った金目鯛《きんめだい》の煮つけを温め直して遅い朝食。

将棋をチラチラ見ながら仕事。ほぼ終わった。よかった〜。

ツタヤディスカスとツタヤオンラインに電話したらすぐに人が出て、丁寧に対応してもらい退会できた。よかった。数日後、Tサイトに連絡したら退会できるそう。

1月30日（土）

プールに行って、午後はカーカとYouTubeの動画録画。

夜は昨日のぎょうざリベンジ。半分残った種に玉ねぎなどを加える。でも、まだちょっと硬かった。

Outlookが開けなくなってる。いろいろ調べて再起動したら開けたけど、一部、英語表記になってる。また調べていろいろやろうとしたけどできない。疲れたので後日にしよう。

1月31日（日）

いろいろな動画を気ままに見ていて、興味のあるものを見つけたらじっくり聞き入る私。

朝、サクは釣りに行く準備をしている。耳にイヤホンをつけて何かを聞きながら。

サクに話しかけると、イヤホンを取って、なに？という顔。

私「サク。世界は動いてるわ。トランプさんロスどころじゃなかったよ。世界規模、地球規模だよ」

サク「ああ。そう」

私「やっぱり、力のある大きなものにはかなわないね。このテーブルの上にね（とコタツの天板を示す）、小さいアリがいーっぱいいるとして、それを今、ママが腕でサーッと払いのけたら全部下に落ちるでしょ？　このアリが人間」

サクはもう何か準備してる。

私「でも、そのアリの体の中にも小さな細菌がいて、そこでもそこの世界が広がっていて…」

あっちに行っちゃった。

私はひとり、ふうむと考える。
大きな動きは常にある。不安が押し寄せるかもしれない。身動きがとれないと感じるかもしれない。真っ暗闇のように感じるかもしれない。それでも先のことはわからない。景色は変わっていく。今はまだ見えないものがいつか見える。視界がパッと開けて空が見える時がくるかもしれない。

レシピを知って作りたくなり、今日は鱈《たら》と白子のオーブン焼きを作った。白子を調理するのは初めて。レシピ通りに丁寧に洗って作ったらけっこうおいしくできた。けど味があっさりすぎたので、次に作るときはホワイトソースみたいなソースをかけてもう少し味を濃くしたい。

アリ

うでで
サーッと
でも、そんなうまくは
いかないだろう…

そのあとおやつにホットケーキを、戸棚に長いことあった紙のカップケーキ型に入れてオーブンで作ってみた。

ぷーッと膨らんで、カップからこぼれてしまった。

あら。

少量の生クリームを紙パックのままホイップして、ホットケーキ、生クリーム、苺《いちご》の3つを交互に食べた。

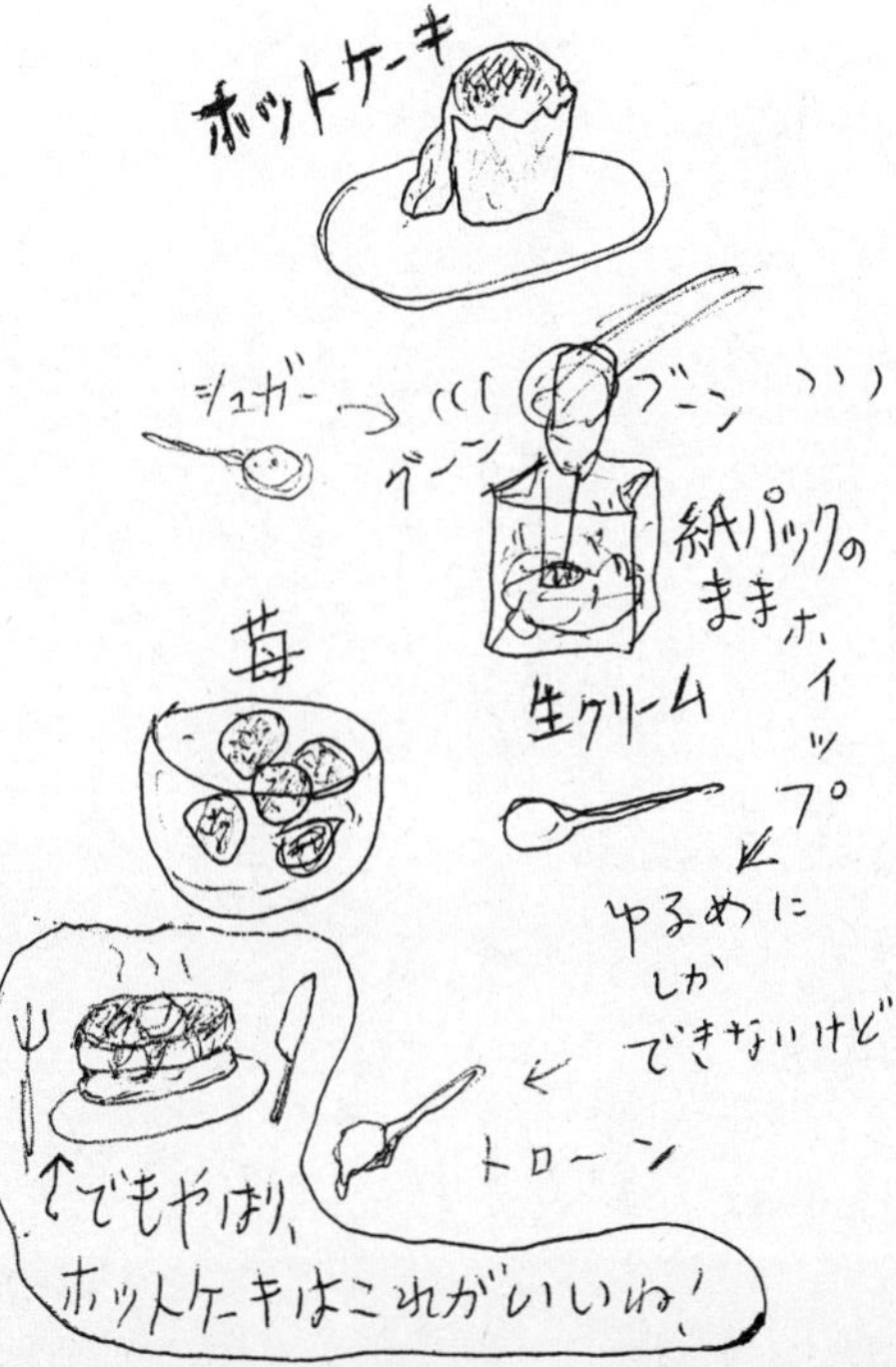
ホットケーキ
シュガー
ブーン
グーン
紙パックのままホイップ
苺
生クリーム
ゆるめにしかできないけど
トローン
でもやはり、
ホットケーキはこれがいいね!

あとがき

みなさん、こんにちは。元気ですか？
トコトコトコトコトコトコトコトコ……と
来て、また次の展開になってます。
楽しみ〜。

こんな気持ちです。

ひき続き
これからも
よろしく
お願いします。　銀色夏生　2021.2月末.